熱・風・王・子

中原一也

CHARADE
BUNKO

二見シャレード文庫

目次
CONTENTS

イラスト――水貴はすの

熱・風・王・子

夕暮れ時の太陽が、高速道路から見えるビルの間に消えようとしていた。カーステレオから流れるジャズは、セピア色に染まり始めた世界を美しく演出する。フェラーリ612スカリエッティは、周りの車の流れを乱すことなく優雅に走っていた。

「社長。今日はあまりスピードを出されないんですね。いつもこうだといいんですが」

「この前、覆面にやられたからな。あいつらはセコいよなぁ。善良な市民からすぐに金を巻き上げようとする」

その時のことを思い出し、男はバックミラーを覗《のぞ》いた。後ろにそれらしき車はない。

「善良な市民は六十キロオーバーで切符を切られたりしません」

髪をキュッと一つにまとめたクールビューティの美人秘書が手厳しく言うと、男は口許《くちもと》を緩めた。男の名を青柳良広《あおやぎよしひろ》という。

身につけているものはすべて一流品だが、それが嫌味になっていない。三十代の男が持つ荒々しい色気と大人の落ち着きを兼ね備えた魅力のある人物だった。

お抱えの運転手に社用車を走らせることもあるが、青柳は運転自体が好きだという理由から仕事の時でもこうして自分の車に乗り、ハンドルを握る無類の車好きだ。そしてバイク好きでもある。

本当はバイクにも乗りたいが、高校の頃に無免許で走らせた原付でウィリーをしながらゴミ収集車に突っ込んで以来、エンジンのついた二輪には乗れない。

「ところで明日の仕事だが……」

言いかけたところで、青柳の視界を真っ赤な色をした何かが横切った。目の前に躍り出たのはCBR900RR。通称ファイヤーブレード。4ストロークのオートバイで、その名の通りハンドリングが日本刀のように鋭く切れることから『燃える剣』と呼ばれている。

青柳は、目を見開いた。

「すごいな……。どこから出てきたんだ？」

つい今し方バックミラーを覗いた時、その姿はなかったというのに、まるで狐《きつね》につままれたような気分で呟《つぶや》いた。しかも、はるか後方には並走している大型トラックがいる。あのわずかな隙間《すきま》を縫ってここまで出てきたというのか。いったいどんな人間が操縦しているんだろうという興味が湧《わ》き、青柳は思いきりアクセルを踏み込んだ。一瞬目の前のバイクに迫ったが、またすぐに離される。

「ちょっとやめてください。危ないですよ」

「少し追ってみるだけだよ」

少年のような目をする青柳を見て何を言っても無駄だと悟ったのか、秘書はそれ以上文句は言わなかった。

（すごいな……）

真っ赤にペイントされたそれは、まさに真紅の怪物だった。しかも、それを操っている人間はかなりの腕前だ。前方には、いかにもスピード狂といったようなスポーツカーが走っており、突然現れたバイクの存在に気づいてスピードを上げて勝負を挑んでいたが、それも難なく抜き去ってしまう。

「ナンバーはわかるか？」

「最後は……1みたいですが」

「だよな？　くそ、全部読めない」

青柳はもう一度近づいてみようとアクセルを踏んで前の車を追い越したがCBR900RRは加速し、あっという間に見えなくなった。ほんの今まで目の前を走っていたというのに、魔法でも使ったのかと思うほど一瞬の出来事だった。青柳のフェラーリは置いてけぼりを喰《く》らい、少しずつ速度を落としていく。それでも結構なスピードだ。あのバイクが相当な速度で走っていたのは言うまでもない。

無謀ではない計算し尽くされた走り。だが、頭で考えるのではなく、躰《からだ》で覚えた感覚で操るそれはまさに神業だった。

（どんな奴が運転してるんだ……）

青柳は、まるで恋に落ちたかのような顔をしていた。それとは裏腹に、秘書は呆《あき》れ返った目をしている。

「社長。また悪い癖が出てますよ」

彼女がたしなめるが青柳の耳に届いておらず、譫言《うわごと》のようにこう呟いていた。

「……欲しい」


古びたビルに軽快な足音が響いた。それは階段を駆け上がり、あるドアの前で止まる。

竜崎《りゅうざき》探偵事務所。

出入口のドアには、そんなプレートが掲げてあった。外観はみすぼらしいが、ここの探偵が元四課のデカでかなり腕がいいということは、夜の世界で生きている連中の間では常識のように知れ渡っている。そしてこのところもう一人、有能な助手がその仕事を手伝っているという噂《うわさ》も、囁《ささや》かれるようになっていた。

「ただいま〜」

「お疲れさん。荷物は間に合ったか？」

「ばっちり。余裕だね」

謙二朗《けんじろう》は持っていたヘルメットを応接セットのテーブルに置き、奥の部屋へと向かった。

そして手にアイスクリームのカップを持って戻ってくる。

「だけどさ、俺はバイク便じゃないっつーの。ほんっとあんたって人遣い荒いよな」

「お前みたいに速いバイク便があるか。ファックスで送るより早いんじゃないか？」

「んなわけあるか。ところでさ、あの台所のデカい鍋《なべ》はなんだよ。なんで事務所にあんなもんが必要なんだ？」

「ん？」

文句を言われるのは目に見えているので、竜崎は答えなかった。もちろん、あれは冬場のおでんのためだ。ストーブの上でコトコト煮るそれは、味がしみて最高に旨《うま》い。

「またおでん作る気だろ？　俺がせっかく鍋捨てたのに。そもそもなぁ、あんなデカい鍋、邪魔でしょうがないんだよ」

そんな小言を言う謙二朗の声を聞きながら、竜崎はタバコを咥《くわ》えて火をつけた。そして、窓の外を見る。

（ああ、もうこんな季節か……）

窓から見えるビルの向こうの空は、夏の名残《なごり》を思わせる色をしていた。

謙二朗がここに来て、一年と三ヶ月ほどが経《た》とうとしている。この生意気な助手は出会ったばかりの頃、周りはすべて敵だというように触れれば切れそうな空気を纏《まと》っていたが、今では随分進歩したものだ。こうして少しずつ時を重ねていくのかと思うと、竜崎の心は満たされる。

ときどき小言を言われ、ともに仕事をし、そして時には愛し合う。節操なく躰だけのつき合いを繰り返してきた竜崎にとって、特定の相手を見つけられたことは、奇跡のような幸運だった。

「うぃーっす！」

タバコを一本吸い終えて灰皿に押しつけているとドアが開き、崇《たかし》が勢いよく事務所に飛び込んできた。相変わらず元気な奴だと、竜崎は笑う。

「よ、小僧。仕事はがんばってるか？」

「がんばってるっすよ。あ、それ旨そ」

「喰う？」

謙二朗がそう言ってアイスのカップを渡すと、崇は遠慮なく手を出した。三口ほど食べ、それを戻すのを見て「回し喰いか……」と妙におかしくなった。謙二朗は今、友達とごく普通にやることを全部やりたい時期なのかもしれない。

崇が厄介ごとを抱えてこの街にやってきたのは約三ヶ月前。今はその問題も解決し、自動車の整備工場で働いている。警戒心の強い謙二朗と友達になることができた崇は、友達を作る天才だ。この人懐っこい青年のことを、竜崎は信用している。

「なぁ、謙二朗。明日仕事休みなんだろう？　走行会行かね？」

崇が言うと、謙二朗は最後の一口を食べ、カップをテーブルの上に置いた。

「走行会？」

「そ。バイクの走行会。サーキットを走るんだよ。お前のバイクだって申し込みすれば走れるって知ってた？　俺、前からお前がなんでレースやんないのか不思議だったんだ」

「金がかかるし、時間もなかったからな」

「明日のはもう応募締め切ってるから無理だけど、コースを見るだけでもいいじゃん」

崇はもうそのつもりになっているらしく、しきりに行こうと謙二朗の腕を摑《つか》んで揺すっている。まるで犬が尻尾《しっぽ》を振って「遊ぼう」と訴えているようだ。謙二朗は、さしずめ塀の上から冷めた目でその様子を見下ろしている野良猫《のらねこ》だ。

「行けばいいじゃないか。何を迷ってる」

「竜崎さんは行かないんっすか？」

「俺か？」

「なぁ～んで竜崎さんを誘うんだよ」

謙二朗が嫌そうな顔をすると、俄然《がぜん》行く気になって「よし、俺も行く」と即座に言う。

「わざと言ってんだろ、竜崎さん」

喰ってかかる謙二朗を見て、崇が笑った。

謙二朗は知らないが、この悪ガキは竜崎たちの関係を知っている。

「いいじゃん、オリーヴさんも誘ってさ。お前バイク出せよ。ツーリング気分で行ったら楽しいって。場所はここなんだけどさ……」

崇がバイク雑誌を開くと、謙二朗はそれを覗き込んだ。やはりバイクレースには興味があるようだ。待ち合わせの時間などを話しているうちに、次第に本心が表情に出てくる。なんてことないという顔をしているが、本当はすごくわくわくしているのだ。ただ、はしゃぐことに慣れていなくて喜びを素直に顔に出せないだけだ。

実の母親からは性的虐待という歪《ゆが》んだ愛情しか注がれずに育ち、長いこと友達も作らずに一人で生きてきた謙二朗は、オリーヴという本来あるべき母親のような存在を手に入れ、そして崇という友達を得た。今も他人との距離の計り方が上手くできず、戸惑っていると感じることも多いが、それでもこうして少しずつ周りに溶け込んでいる。

「じゃあ明日八時な。竜崎さんもいいっすよね。車、俺が出すし」

「じゃあガソリン代は俺が出してやる」

「竜崎さんも本当に来るのかよ？」

「ああ、行くぞ。行ってやるとも」

当てつけがましく言ってやると、謙二朗は恨めしげな目で睨《にら》んできた。そんな顔をしても無駄だ。というより、そんな顔を見たくて挑発しているわけだが、謙二朗はまんまと乗せられる。

その反応を微笑《ほほえ》ましく思いながら、竜崎は再び窓の外へ目をやった。

翌日、空は見事なばかりに晴れ渡っていた。気温もぐんぐん上がり、十月とは思えない陽気だ。うってつけの行楽日和《こうらくびより》。

「んまぁ～っ、素敵っ。なんだかお祭りみたいよ～」

オリーヴは頬《ほお》に両手を当てて、声を抑え気味にそう言った。メイクは極力ナチュラルに、洋服もシンプルを心がけて帽子を深く被《かぶ》っているが、それでも結構目立つものだ。ドスの利いたオネェ言葉に、近くにいた青年がびくっとしたのを見て崇が声を押し殺して笑う。

「サーキットってこんなところなんだ」

「謙二朗。来てよかっただろ？」

「ああ、そうだな」

走行会というのは、速さを競うためのレースではないだけにパドックの様子は和気藹々《わきあいあい》としていた。ロングボディのバンのトランクを開け放ち、道具を並べてマシンの最終チェックをしている者もいれば、小学生くらいの子供とゆっくり過ごしている者もいる。だが、それでもかなりのテクニックを持ったライダーもいるようだ。主催側の意向で初心者、中級、上級とクラス分けをしており、模擬レースも行われる予定になっている。

「おー、すげー。ほら、もう始まってるぜ」

スタンドに出ると、崇は身を乗り出してコースを喰い入るように眺めた。謙二朗も、少し圧倒された様子でそちらへ向かう。

羨望《せんぼう》の眼差《まなざ》し。目の前に広がる光景に、心を躍らせている。あまりにも無防備だ。

（ったく、可愛《かわい》い顔しやがって……）

竜崎はボリボリと頭を掻《か》き、自分を魅了する男から目を逸《そ》らした。こんなところで邪《よこしま》なことを考えるのは、いくら竜崎でも気が引ける。相変わらず一回り近くも年下の男に翻弄《ほんろう》される自分に呆れながら、そんなことは無自覚な男の隣に立つ。

「走ってみたいか？」

「うん、そうだな。走ってみたい」

「今度エントリーしてみたらいいじゃないか。走行会はライセンスがなくても、走れるんだろう？」

「まぁ、そうだけど……」

謙二朗はコースから目を離さず、ただぼんやりと答えた。

今回の走行会は、一回の走行につき約二十分と決められていた。初心者から順にコースに出て自分の走りを披露する。上級者にもなるとかなりの迫力で、謙二朗は声をかけられても曖昧《あいまい》にしか返事をしないほど夢中になっていた。

目の前を何台ものバイクが走り抜けるのを見ると、血が騒ぐのだろう。口には出さずとも「自分も走りたい」という空気を振りまいている。

少し遅れてきたため、午前中の走行は二本だけしか見ることができず、十二時になるといったん参加者の走行は中断し、プロのパフォーマンスショーが始まった。まだ見足りないというような謙二朗を連れ、竜崎たちはスタンドを出る。

「今のうちに飯喰おうか。お昼どうする?」

「それなら心配いらないわ。あたしがお弁当作ってきたから」

「マジ? さっすがオリーヴさん」

「でも、取り皿を忘れちゃったのよねん。今日はチキンのトマトソース煮込みを持ってきたから、取り皿が欲しいんだけど……」

オリーヴが頰に手を当てて困った顔をすると、謙二朗が自分のバイクを停《と》めてある方へ向かって走り始めた。

「じゃあ、俺が急いでコンビニで買ってくるよ。バイクだと早いし」

「謙二朗。スピード出しすぎるなよ〜」

まだ興奮気味なのを見てそう言うと、謙二朗ははたと立ち止まり「余計なお世話だ」という顔をした。だが、竜崎の忠告が正しかったのはわかっているようだ。地に足がついていないことを悟られ、少しバツが悪そうにしながら再び走り出す。

バイクに跨《またが》り、エンジンを吹かして走り去るのを、竜崎は微笑ましく思いながら眺めていた。そしてその時、驚いたような顔で謙二朗を凝視する男の存在に気づく。

(ん……？)

歳《とし》は竜崎と同じくらい。関係者席に座り、かなり値の張りそうなスーツに身を包んでいる。謙二朗の過去を知る人間かと思ったが、嫌な感じはしなかった。好意的な表情である。

「あら、どうしたの？　竜ちゃん」

「……いや」

不可解に思いながら少しだけ男を観察していると、身なりだけではなく育ちもよさそうだと感じた。セレブ的な空気。主催者側の人間なのか、その服装からして走行会に一般参加している者やその家族でもないようだ。

十分ほどしてＣＢＲ９００ＲＲが戻ってくると、男は関係者席から抜け出して真っすぐに謙二朗の方へと向かい、いきなり腕を摑んだ。

「おい、君」

「――っ！　なんだよ？」

「君、もしかして先週、高速を走ってなかったか？」

「は？」

さすがにいきなり殴ったりしないが、謙二朗はあからさまに嫌な顔をした。それも当然だ。ただでさえ面識のない人間との接触を嫌うというのに、あんなふうにいきなり詰め寄られれば謙二朗でなくとも警戒する。

特にあの野良猫は自分に向けられる好意的な視線に対しては、敏感に反応するのだ。

(ったく、なんだなんだ。あの野郎は……)

竜崎は軽く溜《た》め息《いき》をつくと、あまりことを荒立てないよう穏やかに声をかけた。

「俺の連れになんか用か?」

「え?」

「その腕を放してやってくれないか?」

チラ、と謙二朗の腕を摑んだ手を見ると、男は慌ててそれを放した。

「ああ失礼。つい興奮してしまって。青柳と言います。レーシングチームを持ってましてね、今日の走行会も主催してます」

男はそう言い、ポケットの中から名刺を出して竜崎に渡す。

青柳良広。肩書きは、アオヤギコーポレーションの代表取締役社長だった。スキーやゴルフ用品などを扱うスポーツ用品専門のメガストアを展開しており、マウンテンバイクでは自社ブランドを持つ企業としても有名である。この若さであんな大企業の代表取締役とはかなりのヤリ手だろうが、傲慢《ごうまん》な態度は微塵《みじん》も見られなかった。相手を見て態度を変えるようなところもまったくない。

「君、不躾《ぶしつけ》にすまなかったね。ただ、高速で見たのが君かと思って。先週の水曜日だったかな。時間は五時くらいなんだが……」

先週の水曜日と言えば、緊急の荷物を謙二朗に届けさせた日だ。高速を使ったのも間違いない。時間も合っている。

「ああ、走ったけど?」

「やっぱり! まさかこんな偶然があるとは。よかったらコースを走ってみないか?」

「なんで?」

「レース用のマシンはこちらで用意するから、よかったら……」

「走らねーよ!」

「どうして? 興味はあるんだろう?」

その強引な誘いに、謙二朗は警戒心を剝《む》き出しにしていた。確かに目的がなんであれ、ここまで喰らいつくなんて尋常じゃない。

だが、竜崎にはこの男が悪い人間に思えなかった。謙二朗にしてみれば、人の話を聞かずに一方的にまくし立てるなんて迷惑に違いないだろうが、青柳は好きなものに夢中になっている子供のような目をしているのだ。

謙二朗がコースに魅入られた時と同じ目だ。

「走らせてもらったらどうだ？」

「……え？」

「せっかくだ。お前、走りたそうにしてたじゃないか」

竜崎の言葉に、謙二朗は少し戸惑いを見せた。走りたい気持ちはあるようだ。それも当然だ。先ほどまで、あんなに喰い入るように目の前を走り抜けるバイクを見ていたのだ。走りたくないはずはない。

それがわかるのか、オリーヴも躊躇《ちゅうちょ》する謙二朗の背中をそっと押してやる。

「そうよ謙ちゃん。こんなチャンスは滅多にないんじゃない？」

ドスの利いた声を聞き、青柳が不意を突かれたような顔をすると、オリーヴは少し申し訳なさそうな顔をしてペコリと頭を下げる。

「オリーヴって言います。場違いなところに来ちゃって……ごめんなさいね」

「いえ、走行会を楽しんでもらえるなら、誰《だれ》だって歓迎しますよ。こちらこそ、レディに余計な気を遣わせてしまって申し訳ない」

レディ。

言葉の選び方のセンスがあまりにおかしく、竜崎は思わず吹き出した。やはり、青柳が悪い人間ではないというのは確かなようだ。

「やだ。竜ちゃん何笑ってるの！」

自分でも『レディ』なんて言葉が似合わないのがわかっているらしく、オリーヴはぷーっと膨れた。さらに崇が「レディか……」としみじみと言ってからかうと、その場が一気に和む。

結局、謙二朗は特別に走行会に参加させてもらうこととなり、四人は青柳に誘われて関係者席に移動した。

青柳はいい人物だった。

弁当を食べ終えるとスタッフを呼び、走るのに必要な革のつなぎやグローブなどを持ってくるように言って謙二朗を更衣室へ案内させる。初めての経験だからか、謙二朗は少し緊張気味に後に続いていった。

走行開始までの時間、青柳はレースのことについて簡単に説明してくれた。

日本の国内で開催される公認レースを走るには、まずライセンスが必要だ。これは比較的簡単に手に入れることができるが、レースと一言で言ってもいろいろな格式のものがあり、国内では、地方、エリア、全日本という選手権が用意されている。大まかに言うと、各レースごとに上位入賞者にポイントが与えられる仕組みで、地方やエリア選手権でポイントを獲得した選手が、国際ライセンスを取得して全日本選手権の切符を得る。

決められた周回を走ってタイムを競うこのスプリントレースとは異なり、決められた時間内に周回数を競うレースもある。これが鈴鹿《すずか》の四耐、八耐など、バイクに乗らない人間でもよく耳にする耐久レースだ。これらは昇格ポイントとは関係ないが、ロードレースをやる人間なら誰だって胸を躍らせるイベントである。

「じゃあさ、謙二朗もライセンス取ったらレーサーになれるんっすか?」

「もちろんだよ」

青柳は年下の崇とも対等な立場で話をし、オリーヴにはずっとレディ・ファーストを貫いている。竜崎の仕事を聞くと興味深げに質問をし、竜崎からの問いには素直に答えた。

「言っちゃあなんだが、バイクにはさほど宣伝効果はないんじゃないか? バイクを扱っているメーカーならともかく、企業の名前を売るならもっと一般の消費者が多い分野に出資するだろう」

「おっしゃる通りです。会社としては税金対策ってことにしてますが、実は趣味でね。バイクが好きなんですよ。自分で乗れないから、若い才能をバックアップして喜んでる」

「乗れない?」

「ああ。二輪はどうも苦手でね」

「そうは見えないが」

「昔、原付に乗ってウィリーしながらゴミ収集車に突っ込んだ」

青柳の言葉に、竜崎は思わず吹き出しそうになる。

金回りはよさそうだし、背も高くてかなりの男前だというのに、こういうことを平気で暴露してしまうところに好感を覚えた。

飾らない奴というのは、つき合いやすい。

「走っている連中を見ると、気持ちよくなれる。……あ、出てきた」

見ると、謙二朗がコースインするところだった。一緒に走るのは、上級クラスのライダーばかりだ。いきなりそれはきついんじゃないかと思ったが、本人は落ち着いたものだ。細身の躰に革製のつなぎが似合っており、見た目もかなりさまになっている。

「ねぇ、あれが謙ちゃん？」

「ええ、そうですよ。今彼が乗ってるのは、２５０ｃｃのレース専用車です。彼が普段乗ってるバイクに比べると排気量は少ないですが、車体が軽量なので迫力はかなりのものですよ。あ、そろそろ出ます」

青柳の言葉が合図になったかのように、謙二朗のバイクは走り出した。

一周目。

やはり、自分のマシンではないのと初めてのコース走行とあってか、探るように走っている。恐れはなさそうだが、公道で走るのとはわけが違うのだと素人《しろうと》目にもわかった。普段は普通に走ってもかなりスピードを出すというのに、今はただ様子を窺《うかが》っている。

だが、二周目に入った時だった。

謙二朗のマシンが、まるで命を吹き込まれたかのようにいきなり吼《ほ》えた。それまでの走りは、コースの形状や癖を躰で覚えるためだったのだろう。

「すっげー、謙二朗!」

「こいつは予想以上だな」

青柳が感心したように呟く。オリーヴは、ドスの利いた奇声をあげたくなるのを我慢しているのだろう。しきりに崇の袖《そで》を握って目をキラキラとさせていた。

(さすがだな……)

レースには詳しくないが、謙二朗が注目を浴びているのは傍《はた》から見てもわかった。しかも初心者クラスではない。青柳が揃《そろ》えた上級者たちに混ざっても、見劣りするどころか圧倒すらしそうな走りだ。

「そんなにすごいのか?」

「すごいってもんじゃない。もしかして天才じゃないのか、彼は。歳はいくつだ?」

「二十三」

「今まで誰の目にも止まらなかったのが不思議だな。バイクに乗っていれば、才能のある奴の存在は仲間からそれとなく漏れて耳に入ってくるもんだが」

青柳の言葉に、それも仕方ないと納得する。

謙二朗は、長いこと友達なんてものはいなかった。もちろん、バイクの整備はしていただろうから関係者と接する機会はあったはずだが、見知らぬ人間と必要以上のことを話したりはしなかっただろう。

（生き生きしやがって……）

水を得た魚と言うが、謙二朗はまさにそれだった。ただひたむきに走る姿は美しく、気高さのようなものすらある。コーナーへ切り込む時の鋭さは強引すぎるくらいだが、限界まで倒した車体を戻すタイミングなどは抜群だった。自分の躰の一部のように、バイクを操っている。その勘のよさは、努力ではどうにもならないレベルと言えるだろう。

与えられた二十分はあっという間だった。

チェッカーフラッグが出されると、減速してクールダウンし、ピットに戻ってくる。謙二朗はマシンを指定の場所に停め、ヘルメットを取ってそれを手に竜崎たちが待っている方へ歩いてきた。汗が滲《にじ》んだ額に前髪が貼《は》りついている。息は軽く上がっており、バイクを降りてからもまだ夢から醒《さ》めていないという顔をしていた。

「どうだった？」

「……気持ちよかった」

ぼんやりと呟かれた言葉だけで、謙二朗の心のうちが手に取るようにわかった。放心し、少し虚《うつ》ろな目で走った後の余韻を味わっている謙二朗は未知の快楽の味を知り、その虜《とりこ》になっている。表情も、まるであの行為の後に見るような色っぽさがあった。

目が合うと誘われているような気分になり、周りの視線が気になる。

（馬鹿、そんな面で歩くな……）

誰に対してなのか、何に対してなのか、軽い嫉妬《しっと》心のようなものが湧き上がり、竜崎はそんな自分に苦笑いをするだけだった。


竜崎が謙二朗と一緒に事務所に戻ってきたのは、午後七時を回る頃だった。

結局、謙二朗は模擬レースにまで参加した。彗星《すいせい》のごとく現れたルーキーに会場は沸き、帰り際に声をかけられて大変だった。基本的に謙二朗は人間が苦手なのだ。だが、同じ趣味を持った人間が集まると仲間意識が芽生えるらしく、見知らぬ人間にも気軽に声をかける。

しかも、オリーヴのようなのも連れているため目立ってしょうがない。青柳がしっかりガードしてくれたのが幸いしてすぐに帰路につくことができたが、後日、今日の模擬レースのことを口にする者はいるだろう。

「まさかいきなり走らせてもらえるなんて、思ってなかったよ」

謙二朗の声からは、興奮を抑えられないというのがありありとわかった。

(あ〜あ〜。頬を染めやがって……)

竜崎は、呆れながらキャメルに火をつけた。泥臭い香りがふわりと広がり、一気に半分ばかり灰にすると、あとはゆっくりと味わいながらサーキットでのことを思い出す。

模擬レースを走ってからの謙二朗はテンションが上がりっぱなしで、それを抑えようとしているのが竜崎にはよくわかった。饒舌《じょうぜつ》とまではいかないが、喜びを素直に表に出さない男にしてはめずらしいくらいその興奮を言葉にした。子供のようなキラキラした目をされると可愛くて仕方がなく、同時にそんな男を相手に不埒《ふらち》な想《おも》いを抱くことに罪悪感を持ってしまう。

数時間経った今もまだその熱が冷めないらしく、浮わついた空気を放っていた。いわゆるハイになっている状態だ。アッパー系のドラッグを打つと眠れずに一晩中遊び回ったりするが、それと似たようなことが謙二朗の中で起きているのだろう。いい加減落ち着けと言いたいが、言葉で宥《なだ》められるものでもない。

「俺、また今度走行会に行こうかな。次は来月か……。仕事と被んなきゃいいけど」

「そん時は俺が代わってやる」

「いいよ。仕事はきっちりするって」

謙二朗は自分の机に軽く尻《しり》を乗せ、祟が置いていったバイク雑誌をめくり始めた。今年の走行会の予定をチェックしているのを見ていると、竜崎もさすがに我慢の限界に来る。

（そんなに楽しかったか……。ガキめ）

竜崎は無言でタバコを消し、謙二朗の前に立った。そして、軽く顔を傾ける。

「……っ。……なんだよ」

そう言いながらも、抵抗はしなかった。唇が重なる瞬間、少し緊張したのがわかり、そんな謙二朗にますます自分を抑えられなくなる。竜崎が何を考えているのかようやく察したらしく、謙二朗は急に黙りこくって躰を固くした。ここまでしないと自分に向けられる邪な視線に気づかないのかと少し呆れるが、そういうところも可愛いなんて思ってしまうのだから始末に負えない。

「お前がそんなにはしゃぐなんて、めずらしいな。楽しかったか？」

「……楽しかったよ」

すぐ近くから見下ろした姿は、色っぽくて目眩《めまい》を起こしそうだった。無邪気さと大人っぽさが混在する危うげな色香。脇腹《わきばら》に手を這《は》わせるが、それでも抵抗はせず、されるがまま甘んじている。愛撫《あいぶ》で火をつけるまでもなく、その躰は熱い。

バサバサ……ッ、と音を立て、雑誌が床に落ちた。

「あ……」

謙二朗がこんなになるのは、初めてだった。アドレナリンが過剰に出ているのか、心拍数がかなり上がっている。

「ぁ……ん……、……ぅん、んっ」

舌を絡ませて強く吸うと、謙二朗は熱い吐息を漏らしながら甘い声をあげる。

「どうした?」

「な、何が?」

「いつもより、興奮してるぞ」

「そんなの、わかんねぇよ」

自分でも感情がコントロールできないらしく、謙二朗は小さく呟いた。

だが、それも仕方がない。

以前、謙二朗の兄の深見《ふかみ》から聞いたことがある。謙二朗が小学生の頃、バイクの漫画に夢中でそれを全部集めていたこと。そして、レーサーになる夢を持っていたこと。

今日は、とうの昔に諦《あきら》めた夢を体験できたのだ。

「ん、……はぁ……っ」

自分の意思とは裏腹に躰が竜崎を欲していると言うように、謙二朗は急速に色づいていった。竜崎は少し笑い、さらに手を這わせていく。

肌は吸いつくように滑らかだ。

「お前、脳内麻薬でも出てるんじゃないか」

「何、馬鹿なこと……、ぁ……っ」

「興奮を抑えられないんだろう？　そういう時はな、セックスに耽《ふけ》るといいぞ」

「都合の、いいことばっかり……っ。そういうのを、口から、でまかせって、……言うんだよ」

そう言いながらも、謙二朗は竜崎の首に自分から腕を回した。どう自分を抑えていいのかわからないのだろう。

（やめるなら、今なんだがな……）

こうしてセックスに持ち込むのは卑怯《ひきょう》かと思ったが、謙二朗がさして抵抗しないのをいいことに都合のいい言い訳を考える。

今日一日、謙二朗の可愛い面を拝まされたのだ。ここまで押し倒さずにいたご褒美くらい貰《もら》ってもバチは当たらないだろう。

竜崎は、我慢するのをやめた。

「レース、やってみたいんだろう？」

「……うん。……っ、……ぁ」

「お前、やっぱりすごい腕だな」

竜崎は髪の毛にキスをしながら言い、さらに瞼《まぶた》にもする。紅潮した目許がやけに色っぽく、また、軽く唇を触れさせただけでもピクリと反応するのが愛《いと》しくて唇にも触れるだけのキスをした。いつもならさらに深く貪《むさぼ》るところだが、今日は謙二朗がそれに応《こた》えようとうっすらと唇を開くと、わざと唇を離し、また触れるだけのキスをする。

「ぁ……」

その気にさせながら上手くかわす竜崎のやり方に耐えきれなくなったのか、謙二朗は目を伏せたまま遠慮がちに訴える。

「竜崎、さ……」

「なんだ？」

「……しよう」

「！」

「しよう、竜崎さん」

掠《かす》れた声でねだられ、竜崎は理性が吹き飛びそうになった。シャツを引き破ってしまいたくなるほどの衝動を抑えながら、自分より一回り近くも年下の男に翻弄されていることに気づいて苦笑する。

「馬鹿。そんなふうに誘うな」

「ぁ……」

腰を強く抱くと、謙二朗は若木がしなるように躰を反り返らせた。

細い躰。

シャツをたくし上げると、胸の淡い突起が竜崎を誘った。そこに舌を這わせ、立ったまま愛撫を繰り返していたが、脚に力が入らないのか机に手をかけているのに気づき、脚の間に膝《ひざ》を入れて支えてやる。すると、ズボン越しにお互いの猛《たけ》りが擦《こす》れ合い、二人をいっそう高みへと連れていく。

「はぁ……っ」

竜崎は、わざと腰を押しつけた。

「りゅう、ざき、さ……」

「どうして欲しいんだ？」

「はぁ……っ、馬鹿、言わせ……るな」

竜崎は、舌先を尖《とが》らせて、周りの柔らかい部分をなぞった。硬くしこった部分に触れると、舌先を押し返す突起を唇で挟んでやる。すると謙二朗は小刻みに躰を震わせ、声にならない声を発した。

「んぁ、あ……、ぁあ……」

声を押し殺す姿がたまらず、ズボンのファスナーを下ろして窮屈そうにしていた物を解放してやる。だが中心には触れず、胸の突起を指と舌で転がし、押しつぶし、唇で挟んだ。

敏感になったそれは赤く充血し、謙二朗の手が竜崎の髪の毛をかき回す。

「んぁぁ、あっ。……ぁ……ん、……んぁ……、や……」

声がいっそう艶《つや》めいたかと思うと、びくびくっと下半身を震わせ、謙二朗の先端からドロリと白濁が溢《あふ》れ出た。そこに直接刺激を与えられず、だが執拗《しつよう》に愉悦を注がれ続けた躰は、限界を超えてしまったようだ。

初めての経験は刺激が強すぎたらしく、謙二朗の膝は微《かす》かに震えている。

「触られずにイけるようになったか？」

「……ぁ、……はぁ……っ」

「バイクと俺と、どっちが気持ちいいんだ？」

「馬鹿。全然、違うだろ……」

触れられていないのにイッてしまったことが恥ずかしいのか、謙二朗は頑《かたく》なに下ばかりを見ていた。それがまた、男心をくすぐる。

「この、エロジジィ……」

「そのエロジジィに『しよう』って言ったのは、どこのどいつだ？」

竜崎の言葉に、謙二朗はますます目許を染める。それが可愛くて、竜崎は白濁を後ろに塗り込めると謙二朗を机に押しつけ、性急な仕種《しぐさ》でズボンの前を解放した。

「う……っく！　ぁ……っ！」

苦痛の声をあげるのを聞きながら、それでも自分を抑えることができず、無言で腰を進める。蕾《つぼみ》はまだ固く閉じたままだったが、先端をねじ込み、半ば無理やり挿入する。

「ぁ……っ、……っく、――ぁあっ！」

最奥まで収めると、謙二朗は掠れ声をあげた。何度抱いても失われない貞淑な固さに竜崎のそこはいっそう硬くそそり立ち、目の前で小さく震えている男を中から圧迫する。

「――痛……っ、ぅ……く、……はぁ……っ。……乱暴、な、……だよ」

息をすることすらままならないというのに、それでも抗議をする気の強さに、刺激された。もっと啼《な》かせたいという思いが湧き上がり、そんな自分に思わず苦笑いをする。

「悪いな、お前があんなことを言うから」

繋《つな》がったまま言うと、謙二朗が何か言いたげにしているのに気づいた。不満そうな原因は、無理やり突き立てたからではないようだ。

「どうした？」

「また……事務所で……こんな、こと」

その言葉に、竜崎は「ああ……」と苦笑した。抱き合う時は、何かのきっかけで欲望に火がつき、なだれ込むようにしてここで謙二朗を抱くのがほとんどだ。

だが、今から愛し合おうと言い、部屋やホテルに連れていこうとしてもこの野良猫がついてくるわけがない。準備万端にしようとすると、実行する前にこの手の中から逃げてしまうような奴なのだから。

「お前の誘いを断った方がよかったか？」

「……そういう、意味で……言ったんじゃ……」

「なんなら、俺の部屋に来てもいいぞ」

「……んぁ……っ、それは……っ、嫌だ」

「どうして？」

「だって……ひ……っく。……んっ。あんたの、部屋になんか行ったら、それこそ……何、されるか……——ぁ……っ！」

竜崎は謙二朗が言葉を吐こうとするたびに、奥をやんわりと突いた。生意気なことを言う恋人を腰の動きで黙らせるのは、男の悦《よろこ》び。自分の思い通りに啼かせているのだという思いが、ますます竜崎を獣《けだもの》にする。

「なんだ？　言ってみろ」

「あ……の、部屋……なん、……か」

「聞き取れないぞ」

「わざと……や……って、……っ」

恨めしげな声に思わずクス、と笑い、耳元で白状した。

「……バレちまったか」

竜崎は指で謙二朗の髪の毛を梳《す》き、耳の後ろに唇を押し当てた。滑らかな肌からは、微かに汗の匂《にお》いがする。それは、本能を刺激する媚薬《びやく》だ。

「んぁ……っ」

きつく締めつけてくる謙二朗に苦笑しながらも、ギリギリまで焦《じ》らしてやろうと、ゆっくりと腰を回した。

「んっ、ん……ぁ！」

「どうした？　イきたいか？」

「はぁ……っ、イき………た……」

「まだ、イッてもらっちゃ困る」

「……っ、……この……ヘンタイ」

甘い声で抗議するのがなんとも言えず、竜崎はあからさまな台詞《せりふ》を口にする。

「ほら。こんなにデカくなってる」

「……っ、言う、な……って……」

「どうだ？　奥まで届いてるか？」

「ぁ……、ぁあ……、……ん。……んぁ」

次第に声が甘くなっていき、竜崎を締めつける部分も淫《みだ》らにほぐれていった。耳元で囁かれる卑猥《ひわい》な言葉に赤くなりながら、謙二朗はこの行為に溺《おぼ》れていく。

この日竜崎は、時間をかけて謙二朗を抱いた。

走行会から一週間が過ぎた。

謙二朗はオープンカフェのテラスの席につき、テーブルに頬杖《ほおづえ》をついてぼんやりとしていた。目の前にあるのは、すっかり冷めてしまったカプチーノ。もう三十分もこうしている。

(レースか……)

まるで熱病にでもかかったかのように、最近そのことばかりを考えている。これまで考えたこともなかったが、ライセンスを取ればサーキットでレースができるのだ。走行会もいいが、やはり本格的なレースがしてみたい。その思いは日増しに強くなるばかりで、夢にまで出てくるほどだ。金も時間もないのはわかっているが、一度走ると病みつきになる。

(気持ちよかったな……)

サーキットの風。コーナーを走り抜ける時のあの爽快感《そうかいかん》。公道を走る時とは違う心地好《ここちよ》さが、あそこにはあった。

謙二朗はしばらく考え込んでいたが、ふいに事務所でのことを思い出し、無意識に奥歯を嚙《か》んで顔を赤くする。

(あンの、エロジジィ……)

あの夜は、本当にどうかしていた。レースの興奮が冷めやらず、自分を持てあましていた。

もっと走っていたい気分だったが、そんな状態で一人で公道を走れば無茶なことをしてしまいそうで、バイクを置いて帰るつもりで事務所に立ち寄ったのだ。だが、あの危険な男と一緒だということを忘れていた。

『楽しかったか？』

優しい目で自分を見下ろす竜崎を見てすぐに、竜崎のスイッチが入っていたのに気づいた。だが、躰の中に籠《こ》もる熱をなんとかしてくれるのだとわかり、素直に身を委《ゆだ》ねたのである。でもまさか、自分から「しよう」と催促してしまうなんて思っていなかった。あの後どれだけ後悔したかわからない。

（いつまでも言うぞ、あのエロオヤジは……）

嬉《うれ》しそうにそれを指摘した無精髭《ぶしょうひげ》の男の顔を思い出し、眉間《みけん》に深い皺《しわ》を寄せる。人生最大の汚点だ。もう二度と言わない。

謙二朗はそう何度も自分に言い聞かせた。

そしてその時、テーブルに影が差す。

「！」

「やぁ、偶然だね」

そう言ってテーブルの側《そば》に立ったのは、青柳だった。この前の時と同じように、いいスーツを着ている。

「……どうも」

「ここ、座っていいかい？」

少し警戒しつつも謙二朗は無言で頷《うなず》き、青柳が椅子《いす》を引いて座るのをじっと眺めた。

「この前の模擬レースはすごかったね」

「いえ、それほどでも」

「みんな君の走りを見て喜んでいたよ」

「そうでもないと思います」

「少なくとも俺は喜んだよ。わくわくした」

「それはどうも」

どんなに冷たい態度を取ろうが、青柳は社交的な笑顔を崩さなかった。下ネタばかり口にする不良探偵も考えものだが、人懐っこい大人もどうかと思う。どこまで信じていいのか図りかねるのだ。面と向かって絶賛されるのも苦手で、適当に相槌《あいづち》を打っていた。

「サーキットを走るのは面白かった？」

「ええ、すごく」

「そう。また走ってみたいと思わないか？」

「そりゃあ……。でも、時間も金もないし」

謙二朗が言うと、青柳はここぞとばかりテーブルに肘《ひじ》をついて手を組み、真っすぐに視線を向けてくる。

「だったら、うちのチームに来ないか？」

「え？」

「この前のような走行会ではなく、ライセンスを取ってレースを走ってみないかと言ってるんだよ」

「は？」

「君のそのテクニックにお金を払いたい。チームとは別に、君には特別に出資もしよう」

突然の話に、からかわれているのかと思った。まだライセンスすら持っていないというのに、チーム専属のライダーにならないかなんて酔狂な人間がいったいどれだけいるだろうか。変な下心があるようには見えないが、それだけに理解に苦しむ。

「どうして……、俺を誘うんですか？」

「直感だ」

「直感？」

「驚くのも当然だ。でも、私は君の走りに惚《ほ》れたんだ。だからチームで走ってもらいたい。もしよければ、具体的な話をしたいんだが。私が信じられないんだったら、竜崎さんに一緒に来てもらってもいい」

青柳の中で、竜崎が自分の保護者のような扱いになっているのが気に喰わなかった。そんなに子供じゃないと、急に反発心が湧き上がり、謙二朗は椅子から立ち上がる。

「いえ。一人で行きます。どうせ時間あるし、話を聞かせてください」

言ってしまってから、単純な自分に舌打ちしたくなったのは言うまでもない。だが、それを取り消す理由はなかった。

（くそ……、馬鹿なこと言ったな……）

時折、この負けん気の強さが自分自身を追いつめることは、本人も気づいている。

それから謙二朗は、青柳の車をバイクで追いながら彼の会社へと向かった。駐車場にバイクを停め、青柳とともにビルの中へと入っていくと、エレベーターを降りたところで秘書が頭を下げて出迎えた。

「お帰りなさいませ、社長」

案内された社長室の窓からは、街の様子がよく見える。

「うちはスポーツ用品から始まったんだ。今はスポーツクラブも経営していてね、チームのライダーたちはそこでトレーニングすることもできる。ライダーもスポーツ選手と同じだからね」

謙二朗は、事務所とは違ういかにも高そうなソファーに促され、素直に従った。座ってもスプリングが軋《きし》む音がしない。

（うちとは雲泥の差だな……）

秘書が紅茶を持ってきて謙二朗の前に置き、軽くお辞儀をして退室する。こんな扱いをされるのは慣れなくて落ち着かないが、青柳も謙二朗が居心地悪く感じているのを察しているらしく、警戒心を解くように優しい態度で話しかけてくる。

「君は、レースに興味はあるんだよね」

「そりゃあ、走ってみたいとは思います」

「一からレースをしようと思うと、ピットクルーのライセンスを持った人間を探したりしなくちゃいけない。だが、チームに入ればすべて用意されている。実は模擬レースの様子をビデオに撮っておいたんだ。現場にいなかったメカニックも興奮してたよ。この前、君が乗ったバイク。あれでレースをしないかい？」

謙二朗は、自分を乗せてサーキットを走ったバイクを思い出していた。

RS250R。レース専用のバイクだ。いつも乗っている真紅の相棒とは排気量が違うが『GP250』という世界に直結するクラスを走るバイクとして人気がある。

「まずはライセンスを取って地方選手権だ。君の腕ならすぐに昇格できる。うちには専属のコーチもいるし、躰を作ってメンタル的なトレーニングも積んでレースに欠かせないスキルを学べば、君は一段と速くなるよ」

夢のような申し出だった。だが、少し違う気がする。確かにレースは楽しい。興奮する。しかし、いざこうして具体的な話をされるとどうもピンと来ないのだ。

「いきなりこんな申し出をされて不安?」

「いえ、そういうわけじゃあ……」

「返事はすぐでなくてもいいんだよ」

謙二朗は、自分の中に妙に冷めた部分があることを感じていた。純粋にバイクでサーキットを走ることを考えると心が浮き立つが、なぜかこの話に飛びつきたいという衝動が湧かない。単に誰の世話にもなりたくないという反発心なのか、それとも企業を背負って走ることに尻込みしているだけなのか——。

自分の気持ちがわからず、戸惑いの目を窓の外に広がる秋空に向ける。

(竜崎さん……)

今まで自分のことは自分で決めてきたというのに、なぜか竜崎はこの話を聞いたらどう思うだろうかなんて考えていた。


竜崎が謙二朗の様子がおかしいことに気づいたのは、十月も下旬に差しかかろうとする頃だった。レース直後もそうだったが、あの感じとは違う。時折、何か考え込むようにぼんやりとしているのだ。あんな謙二朗は初めてで、何かあったとしか思えなかった。人一倍他人に弱みを見せようとしない生意気な男が、遠くを見ながら考え込んでいる。

そしてもう一つ、気になったことがある。

このところ自分に貼りついている監視の目だ。これまでも仕事絡みで似たようなことはあったし、いわくつきの調査をした時にその筋の人間から追い回されたこともあったが、今は厄介な仕事は抱えていない。それなのに竜崎を尾行《つ》けている人間がいる。素人ではない確かな尾行。それが竜崎を苛立《いらだ》たせていた。

(探偵相手にナメた真似《まね》をしてくれるな)

仕事から戻ってきた竜崎はブラインドを指で少し引き下げ、外に視線を巡らせた。まだ完全に日は落ちておらず、表通りから西日が微かに路地に差し込んでくる。

平和を絵に描いたような夕暮れ。

(そう簡単に姿は見せないか……)

あんなに貼りつかれていては、仕事がやりにくくて仕方がない。守秘義務という点から見ても、一度尾行をまいてからでないと仕事に取りかかれないことも多く、営業妨害もいいところだ。竜崎は不機嫌を隠せず、自分の机に戻ってタバコに火をつける。

その時電話が鳴り、それを咥えたまま電話に出た。

『よぉ、竜崎。久しぶりだな』

「なんだ、飯島《いいじま》か」

竜崎は、男の声を聞くなり嫌な顔をした。

飯島はマル暴時代の同僚で、牽制《けんせい》し合っていた相手である。似た者同士、お互いのやることなすことが鼻についていつも衝突していた。謙二朗がここに来たばかりの頃、昔の仲間に連れ去られた謙二朗を偶然見た飯島が、その居場所を教えてくれたことがあった。大きな借りだが、この男も竜崎にずっと借りがあったと思っており、今はチャラになっている。

『お前にちょっと聞きたいことがあってな』

「お前と関《かか》わるとロクなことがない」

『協力してくれたらいいことを教えてやる』

「いいこと?」

『お前の可愛いお稚児《ちご》ちゃんのことだよ』

謙二朗が聞いたら、さぞかし怒るだろうと思いながら取引に乗ったと飯島を促す。

『俺がこの署に来る少し前の事件のことだ』

飯島はそう切り出し、竜崎がまだ刑事だった頃、拳銃《けんじゅう》の摘発を専門に行っていた捜査官が自殺した事件について独自に再調査していると言った。

当時、その捜査官は数年にわたりかなりの結果を出し続けていたにもかかわらず、銃の売買を支配していた組が打撃を受けている様子はなかった。そこで疑われるのが、ヤクザに取り込まれたという可能性だ。

警察組織とヤクザ社会はどこか似ている。上下関係に始まり、人間のタイプ。特にマル暴にもなると、ヤクザかと思うようなのが雁首《がんくび》揃えているのだ。狩る方か狩られる方か、それだけの違いだと感じることもある。

つまり、取り込まれやすい。

捜査官と共謀して囮《おとり》の拳銃を摘発させ、自分たちは安全にビジネスを行うなんてことは何も映画やドラマに限ったことではなく、あの事件も裏に何か潜んでいそうだった。

自分の犯した罪に耐えられず自らの命を絶ったのか、それともヤクザとの間に何か揉《も》め事があって自殺に見せかけて殺されたか。

腑《ふ》に落ちない点が多かったというのに、半ば強引に捜査がうち切られ、自殺として処理されたのもその疑惑をより大きくしていた。

唯一、竜崎がやり残した仕事でもある。

「あれは明らかに上から圧力がかかったな。おかしいことだらけだった」

『お前が目をつけていた奴の名は？』

「それを聞いてどうする？」

『言えよ。もうお前は刑事じゃないだろ』

「まぁ、そうだが」

迷った挙げ句、竜崎は当時署長だった男の名を口にした。今は別の署で裏金作りに精を出していることだろう。

『なるほどね。やっぱりそうか』

「また何か不審な動きでもあるのか？」

『まぁな』

「触らない方がいいかもしれんぞ」

一応忠告なんてしてみるが、飯島の耳に念仏、である。情報を得ると、これ以上何も言うなとばかりに話題を変えた。

『ところで竜崎。あの小僧だけどな。この前、男と二人で歩いてたぞ。かなり身なりのいい男だ。妙な取り合わせだったからちょっと気になってな。お前が可愛がってたんじゃなかったのか？』

面白がっているのだろう。最後は声が笑っているのがわかり、眉間に皺を寄せる。

だが、それで謙二朗の様子がおかしかった原因がわかった。一緒にいた相手は、間違いなく青柳だ。そして、青柳が謙二朗に会う目的といえば一つしかないのも明らかである。

『相手は誰だ？　あの生意気な小僧を……』

飯島がそう言った時、事務所の出入口に人影が現れた。受話器を耳に当てたまま、視線だけそちらにやる。

「相手はわかってるよ。今来やがった」

『これからお稚児ちゃんを巡って対決か』

「お前の発想は下品なんだよ」

『上品ぶるな。どうせ、あの可愛い子ちゃんと毎晩ズコバコやって……』

「うるさい。ヤクザに撃たれて死んじまえ」

ガシャン、と乱暴に電話を切り、タバコを消す。飯島が見た『身なりのいい男』は、事務所の中に入ってくると軽く頭を下げた。

「こんばんは、竜崎さん」

「走行会ではうちのが世話になったな」

「とんでもない。ちょっと相談したいことがありまして。よかったらこれから飲みに行きませんか？　仕事は終わりですよね」

よくご存知で……、と皮肉の一つでも言いたいのを我慢して、竜崎は青柳の誘いを受けることにした。見張りまでつけさせるとは、なかなかいい根性をしている。

「俺の行きつけでいいか？」

そう言うと、竜崎は青柳の返事を待たず、椅子にかけていたジャケットに袖を通した。

古い友人がやっているバーは、いつもの顔で竜崎たちを迎えた。極上の音楽と極上の酒。店の隅でピアノの鍵盤《けんばん》を叩《たた》いている店主の愛想はとんでもなく悪いが、橘《たちばな》という腕利きのバーテンダーがいる。シェイカーを振る音がピアノに重なり、なんとも言えない雰囲気を醸し出していた。

「で、俺を嗅《か》ぎ回っていたわけは？」

スツールに座るなり、竜崎は単刀直入にそう聞いた。回りくどい真似は好きじゃない。

「失礼なことをしてすまない。しかし、気づいてたとは驚きだな。知り合いに頼んで優秀なのを紹介してもらったんだが……」

その言葉に、竜崎はくだらないと言いたげにニヒルな笑みを零《こぼ》した。

ナメてもらっては困る。これでも元刑事、そして現役の探偵だ。尾行に気づかないほど、もうろくしちゃいない。

「理由次第じゃあ、殴らせてもらう」

その言葉に、青柳は「当然だ」と言い、謙二朗を自分が持つチームのライダーとしてスカウトしたことを告げた。かなりの好条件だ。青柳がどれだけ謙二朗の腕を買っているかが、それだけでもよくわかった。

（あいつめ、黙ってやがったな……）

一人で悩んでいたのかと、このところの謙二朗の様子を思い出し、険しい顔をする。

「私が言うのもなんだが、彼にとってもいいことだと思う。レースで食べていけるのは、ほんの一握りの恵まれた人間だけだ」

「だろうな」

青柳の言葉に、竜崎は全面的に同意した。

実はレースをやるのにどのくらいかかるのか、竜崎なりに調べたのだ。それでわかったのは、甘くない現実だった。

レースは金がかかる。バイクのメンテナンスはもちろん、それ以外のところでもかなりの出費は避けられない。たとえば機材を運ぶ車。もちろん、バイクで乗りつけてはいけないという規則はないが、まともなレースをしようと思うとそういうわけにはいかない。また公道を走るのとは違い、タイヤなどの消耗品の減り方は桁違《けたちが》いだ。だから、みんな貧乏なのだ。それが原因で諦める者も少なくない。

それでも続ける意志のある者だけが生き残り、プロになっていくのだろうが、探偵なんて仕事をしながらではどんなに強い意志を持っていても無理がある。

ただでさえ過酷な仕事だ。

だが今、謙二朗に最大のチャンスが訪れた。しかも、一生に一度あるかないかのものだ。

「あの子には天性の才能がある。埋もれさせておくのは惜しい。それにスター性もあるしな。あの見てくれだ。結果を出せば一躍人気者だよ。それで、言いにくいことだが……」

「別れろと言いたいんだろう？」

青柳の言葉を待たずに、竜崎は先に言った。

無名の俳優。無名のアーティスト。無名のモデル。身辺整理をして華々しくメジャーデビューをする。

よくあることだ。

「そこまで見透かされてると、かえって言っていいのかわからなくなるよ」

「いや、男同士だ。あんたがあいつをバックアップしようとしてるなら言われて当然だ。しかし、驚かないんだな」

「最初は驚いたさ」

偏見の目はないのかと思ったが、青柳の態度にそんなところは見られない。

「あの子の過去も調べた。かなり複雑だが、バイクはマイナーなスポーツだ。興味のある連中の中で話題にはなっても、さすがにワイドショーを騒がせるようなことにまではならない。それに、今は罪を償って地に足をつけて生きてる。日本人は不良が更生するような話が好きだからね。問題は過去じゃない。今だ」

「まだ問題がある」

「なんだ？」

「フラッシュバックって知ってるか？」

「……いや」

どうやら、崇が抱えてきた事件のことまでは調べがつかなかったらしい。ヤクザに追われる崇を守ろうとして自分が捕まり、大量の覚醒剤《かくせいざい》を打たれたのだ。少し迷ったが、もし謙二朗がこの男の下でレースをやりたいというなら知らせておくべきだろうと、慎重にその事件について説明した。

「今は症状は落ち着いてるが、うなされていた時期もあったんだ」

「そうか。でもちょうどよかった。知り合いにそっち方面に顔が利く奴がいる。実績のある専門のカウンセラーに見てもらおう。その方が彼のためにもいい」

「実績のあるカウンセラー？」

「嘘《うそ》じゃない。大学時代の友人が、そちらの方に進んだんだ。相談すれば、きっといいカウンセラーを見つけてくれる」

必死に訴える青柳を見ていると、その熱意を素直に受け止められない自分がいることに気づく。

それほど欲しいのか、謙二朗が。

そんなひねくれた言葉すら浮かんだ。

「彼の幸せを望むなら説得して欲しい。あの子は私のことはまだ信用していないようだからな。考えておいてくれ」

そう言って青柳はスツールから立ち上がり、会計を済ませてから店を出ていった。竜崎はしばらくカウンターの一点をじっと睨んでいたが、レジから戻ってきた橘が青柳のグラスを下げに来たのがわかり、顔を上げた。

「どうしました、竜崎さん」

「ん？　……ああ、ちょっとな」

真面目《まじめ》な話をしているところに聞き耳を立てるような男ではないが、深刻そうな表情を見て何かを察したか、さりげなく気遣ってくれているのがわかる。だが、橘にそうさせる自分が腹立たしくもあった。

（くそ。何を動揺してるんだ、俺は……）

深見を見ると、相変わらず大きな背中をこちらに向けて鍵盤を叩いていた。客が少ない時は、橘にカウンターを任せてずっとああやっている。

竜崎は「謙二朗を事務所で雇ってくれ」と言われた時のことを思い出していた。

あのブラコンは自分の弟のことを絶世の美青年だと言い、手を出すなと釘《くぎ》を刺した。人に面倒を頼んでおきながらあの言い草だ。だが、謙二朗に会った途端、そう言いたくなるわけがすぐにわかったのだ。

切れ味のいいナイフのような青年——それが謙二朗の第一印象だった。あの岩のような男と血が繋がっていると思えないくらい、ストライクゾーンど真ん中。だが、謙二朗に惚れたのは、そんな単純な理由ではない。

誰にも頼ろうとはせず、肩肘張って生きていく姿にやられた。周りはすべて敵だと言わんばかりの視線に胸を打たれた。だが、本当は人一倍愛に飢えていた寂しがり屋の野良猫だった。心を開いてくれた今も、生意気で意地っ張りなところは変わらず、それがどうしようもなく愛おしい。

しかし、このままでいることが果たして謙二朗のためになるのかというと、そうだと素直に言えない自分がいる。

（手元に置いておきたいと思うのは、俺のエゴか？）

今、目の前に訪れたチャンスを掴ませてやるのが本当の愛情なのではないかと思い、深く考え込む。

竜崎はしばらく深見のピアノを聴きながら、グラスを傾けていた。


「どうして黙ってやがった？」

「竜崎さんには関係ないだろ」

「ったく、俺に遠慮でもしてるのか？」

「じゃあ竜崎さんは俺になんでも相談してるってのか？　自分の方が秘密主義のくせに」

「今回はわけが違う」

「違わねーよ！」

「ちょっと二人とも、そう感情的に……」

「崇は黙ってろ！」

謙二朗が仕事から戻るなり、竜崎は青柳からの申し出について問いつめた。偶然来ていた崇は、この言い争いに巻き込まれている。自分でも大人げないと思いながらも、竜崎はやめることができない。

「お前、このところ気もそぞろだっただろうが。レースをやりたいんじゃないのか？」

「俺はレーサーにはならない」

「またそんな強がり言いやがって」

「強がりじゃねーよ！」

「じゃあ怖いのか？」

「なんだと？」

「ご自慢のバイクで負けるのが怖いのか？」

何を馬鹿なことをと思うが、ここまでくればあとは何を言っても同じだ。

「お前が一歩を踏み出せないなら、俺からクビにしてやってもいいぞ」

「なんだよそれ」

「退職金くらいやる。一度ちゃんと考えろ」

「勝手なこと言うな、このクソジジィ！」

謙二朗はそう叫ぶと、応接セットのテーブルを蹴《け》り上げて事務所を出ていった。崇が竜崎を気にしながらもそれを追って姿を消すと、一人になった事務所でタバコに火をつける。

（――くそ……っ！）

感情に任せて言い合いをした自分に毒づき、ドカッと椅子に腰を下ろした。すごい勢いでタバコを灰にしていったが、イライラは収まるどころかますます募るばかりだ。

しばらくして落ち着くと、謙二朗の携帯に電話をしたが出てくれない。返ってくるのは無機質なメッセージセンターの声だけだ。

（わざと無視してやがるな……）

謙二朗にそうさせるようなことを言った自分に「チッ」と舌打ちして携帯を放り投げる。こうしているのも馬鹿らしく、オリーヴのところにいるかもしれないと車を走らせて『スナック・九州男児』へと向かった。

街は、これから始まる大人の時間に備えて独特の活気を持ち始めていた。店のドアを開けると、開店準備をしていたオリーヴが満面の笑みで出てくる。

「あら〜ん、竜ちゃんじゃな〜い」

「謙二朗は?」

「え?　来てないわよ」

(あの野郎、見抜いてやがるな……)

さすがにそう簡単に捕まらないかと、浅はかな考えに思わず皮肉な笑みを漏らす。

「今日はね、新作があるのよ。食べる?」

オリーヴはいったん奥に消えると、香ばしい匂いを漂わせながら手に白いプレートを抱えて戻ってきた。そして、竜崎の隣に座る。

「なんだこりゃ」

出てきたのは、男の股間《こかん》にぶら下がっているものをかたどった料理だった。ライスボールが二つ、フランクフルトが一本。しかも、ご丁寧にパセリで飾りつけまでしている。

「この前お客さんがね、冗談でお芋《いも》の煮っ転がしとごぼうで作ったのよ。そしたら常連の女の子たちにすごくウケちゃってね、オカマのやってるお店なんだからこのくらいやんなさいよって。それで、どうせなら女性が好きなイタリアンでやっちゃおうと思って」

いくら常連客のリクエストとは言え、本当にそれをやってしまうオリーヴに竜崎はクックックッ、と肩を震わせて笑ってから、それに手をつけた。見てくれはひどいが味はいい。オリーヴの料理はいつも愛情に満ちている。

フォークを刺すたび、なんだか痛いようなむず痒《がゆ》いような気がするのは否めないが。

「どうしたの？　竜ちゃん」

「ん？」

「何かあった？」

「……まぁな」

自分の馬鹿な言動を思い出し、フォークを皿に置いた。謙二朗がレーサーとして青柳にスカウトされたことを言ったが、オリーヴはさして驚いた様子を見せない。

「まさか、青柳さんはオリーヴにもなんか言ってきたのか？」

「いいえ、何も。でも、なんとなく気づいてたわ。謙ちゃんの様子が変だったし」

「そうか。しかし俺も馬鹿だよ。謙二朗にクビにしてやってもいいなんて言っちまった」

その言葉にオリーヴは優しげな眼差しを竜崎に注ぎ、小さく溜め息をついた。そしてカウンターを指で撫《な》でながら小さく呟く。

「でも、それがいいのかもしれないわ」

予想だにしない言葉だった。

謙ちゃんになんてひどいことを言うの――そう責められるつもりで白状したというのに、責めるどころか「よく言ったわ」とばかりの態度だ。口許に浮かべる笑みは寂しげで、こんな顔もするのかと初めて見るオリーヴの一面に面喰らう。

「この前の走行会の時にね、あたし思ったの。あたしのような人間は昼間に外を出歩くもんじゃないって。どんなに普通を装っててもすごく浮いちゃうもの。今はオカマなんてめずらしくないけど、テレビや夜のお店で見るから認めてくれるだけよ。でも、現実はそうはいかないじゃない？　まだ異端なのよ」

異端。

確かにそうだ。オカマなんてまともじゃない。男も女も節操なく喰ってきた元マル暴の探偵もだ。アウトローと言えば聞こえはいいが、ただの社会不適合者だ。

「もし謙ちゃんが有名になったら、あたしなんか側にいない方がいいわ。邪魔になるだけよ。女は引き際が肝心だもん」

自分のことを『女』と平気で言うところがおかしいが、竜崎は笑う気にはなれなかった。女になりそこなったオリーヴ。こんなに深い愛情を持っているというのに、どんなに望もうが子供も産めず、母親にもなれない。

だが、謙二朗は自分が注がれなかった母の愛情をオリーヴから得た。この図体のデカいオカマがいなければ、謙二朗の心は開かなかっただろう。だけれども、世間はそう優しい人間ばかりではないのだ。ただでさえ謙二朗の過去は複雑だ。美談にできることには限界がある。竜崎との関係が知られたら、周りからどんなふうに言われるだろう。その時傷つくのは、謙二朗だ。

竜崎は自虐的な笑みを漏らした。

「オリーヴの言う通りかもしれないな」

青柳のところにやれば実績のある専門のカウンセラーに見てもらえるというのも、竜崎のそんな思いに拍車をかけている。

手放してやるのが、謙二朗のためだ。

竜崎はもう一度フォークを取り、ライスボールを口に運んだ。ケチャップをたっぷりと使ったそれは、母親が作るチキンライスのような懐かしい味がした。


竜崎が翔《しょう》を事務所に連れ込んだのは、数日後のことだった。

この何日かは事務所に寄らず直接調査に行くという生活が続いていた。わざと謙二朗を避けていたため、ずっと顔を合わせていない。

「ねぇ、本当にいいの?」

翔は猫撫で声で言い、竜崎のシャツのボタンを外して胸板に口づけた。

この感覚。わずか一年数ヶ月前までは日常だった感覚だ。相性が合えば誰だって抱いてきた。後腐れない関係は、危険な仕事も引き受ける竜崎にとって都合のいいものだった。

(そろそろ戻ってくるな……)

そう思った時、開けた窓から謙二朗のバイクの音がした。裏の駐車場に停める時に必ず下の路地を通る。音だけで判別できるほど、謙二朗が戻ってくる音を何度も聞いてきた。

翔の躰をまさぐりながら、謙二朗がバイクを降りて二階、三階、と階段を駆け上がってくるところを想像する。軽い足取りで踊り場から廊下に出て、五秒で事務所だ。今、ドアに手をかけた。

その映像を頭の中で描いたのと同時にガチャ、と音がしてスニーカーがキュッと鳴る。

(来やがったな……)

覚悟をしてゆっくりと振り返ると、謙二朗がドアのところに佇《たたず》んでいるのが見える。

「やぁ、謙ちゃん。元気?」

翔はわざと挑発的に言った。しかも胸元ははだけたままだ。翔にこういうことをやらせたら、右に出る者はいない。

「何、やってんだよ?」

静かだが、明らかにムッとした声だった。それを聞いて自分の作戦が上手く運び始めていると確信する。

「何って、見ての通りだよ～。なんなら三人でやる? 俺はそれでもいいけど」

謙二朗は視線をゆっくりと翔から竜崎に移し、真っすぐに見据えてくる。

相変わらず気の強い男だ。

「俺は竜崎さんに聞いてんだよ」

「見ての通りだ」

「！」

「たまには、俺も息抜きしないとな……」

そう言ってタバコに火をつけ、翔の頭に手を回して自分の方へ引き寄せた。すると翔は胸板に頬ずりし、上目遣いで竜崎を見る。

「くだらねーことしてんなよ」

冷静な声だった。しらけきった声。思惑をすべて見抜かれている。

竜崎もこんなことで騙《だま》せるとは思っていなかった。だが、感情を揺さぶるには十分だ。

「謙ちゃん、レーサーになるんだって？　竜さんのことは俺に任せていいから、存分に走りなよ。竜さんもそっちの方がいいんだってさ。もう、子供のお守りはお終い」

謙二朗はすぅ、と息を吸い込むと何か言葉を発しようとしたが、思いとどまるように唇を強く噛む。

「なんだ？　言いたいことがあるなら言え」

わざとそんな言い方で促したが、結局一言も残さず、唇を強く噛み締めたまま踵《きびす》を返した。

最後に追い討ちをかけるように「辞めるなら退職金くらい払うぞ」と言うが、振り返りもしない。謙二朗が行ってしまうと、翔は竜崎の首に腕を回して耳元に唇を寄せた。

「これで本当によかったの～？」

「愛想を尽かされりゃあ、なんでもいい」

ぼんやりと答え、謙二朗が出ていったドアをしばらく眺めていた。最後に見た恨めしげな眼差しが印象的で、頭から離れない。

「続き、する？」

「そうだな。協力してくれたお礼だ。今日はお前の言うことはなんでも聞いてやるぞ」

そう言ってタバコを消し、翔の腰に腕を回した。細いが、謙二朗とは明らかに違う男の躰。昔に戻るのもいいかと、竜崎は首筋に顔を埋《うず》めたが、その思惑は見事にかわされる。

「勃《た》ってないくせに……」

翔はクスクスと笑うと、躰を離した。


事務所を飛び出した謙二朗は、そのままオリーヴのところへ向かった。

(ったく、見え見えなんだよ……)

竜崎がわざとあんな場面を見せたことくらい、わかっていた。自分のことなど気にせず、レースをやれと言いたいのだ。ずっとどうするか迷っていた謙二朗の背中を押してくれた。

だが、余計なお世話だ。

確かに、青柳から申し出があったことを相談しなかったし、ずっと一人で考えていた。しかしそれは、竜崎に遠慮をしていたからではない。自分の気持ちが固まらなかっただけだ。それなのに、一人先走ってあんな行動を起こす竜崎が腹立たしくて仕方がない。

そして、翔の腰に腕を回す竜崎の姿に感情を乱されているのも事実で、それがますます謙二朗を苛立たせていた。

(オリーヴさん……)

『スナック・九州男児』は、いつものようにひっそりと路地裏に看板を掲げて訪れる客を待っていた。バイクを停めてヘルメットを脱ぐとちょうど店のドアが開き、客を見送りにオリーヴが出てくる。

オリーヴはサラリーマンふうの太った男に手を振ると、謙二朗の姿に気づいて笑顔を見せた。

「あら、いらっしゃい。何か食べる?」

店の中には、水商売ふうの女性と中年男のカップル、そしてオカマの三人組がボックス席で盛り上がっていた。オリーヴが忙しく働いているのを見ながら、出された料理に箸《はし》をつける。一時間ほどで客は帰り、二人きりになった。

騒がしかった連中がいなくなると、この狭い空間が寂しげに見えてしょうがない。

「どうしたの？　すごくご機嫌斜めよ。竜ちゃんと喧嘩《けんか》でもした？」

「喧嘩っていうか、事務所で翔とやってた。多分わざとだけど。オリーヴさんもなんか言ってやってよ。あのクソジジィ……」

そう言うが、オリーヴはすぐに返事をしなかった。少し考え込んだような素振りを見せると、ぽつりと言う。

「謙ちゃんはレーサーになるの？」

「！」

真剣な顔で聞かれ、心臓が大きく跳ねた。

ゆっくりと顔を上げたが、オリーヴはテーブルの一点を眺めたまま目を合わせようとはしない。寂しげな笑みを漏らすだけだ。

「どうして……スカウトされたこと知ってるの？」

「ねぇ、謙ちゃん。竜ちゃんの気持ちもわかってあげて。竜ちゃんは、いつも謙ちゃんの幸せを一番に考えてるのよ」

嫌な予感がした。オリーヴがこれから何を言おうとしているのかなんとなくわかってきて、聞きたくないと心が叫ぶ。だが、その思いはオリーヴには届かなかった。

「それに、ここへも来ない方がいいわ」

「……どうして、そんなこと言うんだよ？」

声がちゃんと出ず、掠れたようになっている。心音がやけに大きくて、息が苦しい。

「あたしは謙ちゃんと会えなくなっても平気。遠くからいつも応援してるわ」

「ちょっと待ってよ、オリーヴさん」

「いい、情に流されちゃ駄目。あのレースの後、すごく生き生きとした目をしてたもの。楽しかったたって言って……あんなにはしゃいだ謙ちゃん、初めてだったわ」

まるで永遠の別れを告げるかのように、オリーヴは遠い目をした。

(どうして、そんなことを言うんだ)

竜崎もオリーヴも、何を言ってるのかわからない。どうして二人とも自分を無視して結論を急ぐのだろうと、不思議だった。

「もし、俺がレーサーになっても、オリーヴさんと会っちゃいけないってことには……」

「でも、あたし浮いちゃうもの……っ。こんなオカマが側にいたら、おかしいわよっ」

感極まったような言い方に、走行会の時のことを思い出した。模擬レースの後、自分に声をかけてくる人たちがオリーヴをめずらしげに見ていたことに。あの青柳ですら、このドスの利いた声を聞くなりびくっとした。

「俺、オリーヴさんのこと、傷つけて……」

「違うの！　……違うのよ。あたしは謙ちゃんが幸せならそれでいいの。だって、謙ちゃんのことが大好きなんですもの」

「オリーヴさん……」

「あたしもそろそろ母親役は終わり。謙ちゃんはあたしなんかいなくてももう平気よ」

オリーヴの目から大粒の涙が溢れたのを見て、何も言えなくなった。オリーヴが中途半端な気持ちでこんなことを言っているわけではないとわかったからだ。

そして、オリーヴは謙二朗に背中を向けると、深く俯《うつむ》いたまま小さな声で言う。

「謙ちゃん。……さよなら」

あまりの喪失感に、しばらく立ち上がることができなかった。

だが、泣き声を聞かれまいとするオリーヴの肩が微かに震えており、それを見ているのが辛《つら》くなって無言で席を立って店を出る。悔しさと悲しみが同時に襲ってきて、謙二朗は停めてあるバイクに跨るとヴォン……ッ、とエンジンを吹かした。一時間ほど走ったが心は晴れず、埠頭《ふとう》にバイクを停め、繋船柱《ビット》に座って夜気に身を晒《さら》す。

目の前は、墨を零したような真っ暗な海だ。

『辞めるなら退職金くらい払うぞ』

出ていきざま、背後から聞こえた声。

『謙ちゃん。……さよなら』

オリーヴの決意。

二つの言葉が現れては消え、そうするのがいいと謙二朗の心を激しく揺さぶる。

「……れば、……んだろう?」

謙二朗の口から、その言葉が漏れた。唇が震えているのは、寒さのせいではない。

「辞めれば、……いいんだろう?」

鼻で嗤《わら》い、蚊の鳴くような小さな声で言った。もちろん答えてくれる者はいない。

ここは、一人だ。

(わかったよ……)

俯いたまま強く決心し、少し落ち着くと『J&B』に電話をかける。電話にはいつも兄の側でシェイカーを振っている男が出て、すぐに替わってくれた。

『どうした、謙二朗』

一回り近くも歳の離れた兄は、相変わらず愛想のない声をしていた。だが、このぶっきらぼうの兄が竜崎と引き合わせてくれ、そして竜崎はオリーヴと引き合わせてくれた。

だが、それももう終わりだ。

「あのさ、俺。竜崎さんの事務所辞めるから。兄貴に紹介してもらったわけだし、一応報告しといた方がいいと思って……」

黒い海を眺めながら、謙二朗は自分の決意を崩すまいとするかのように言った。思いのほか、冷静に言えたことに驚く。

『どうして辞めるんだ?』

「俺、レーサーになるんだ。スカウトされて、スポンサーがつく。レースができるんだ」

『なんだいきなり。どういうことだ？』

そう言われるのも仕方がないと、いきさつをすべて話し、この話がどれだけ幸運でどれだけ喜ぶべきことなのかを説明した。言葉にすると、改めて自分が恵まれた境遇にいるのだということを痛感した。

「すごいだろ。いきなりスポンサーだってさ。ライセンスもまだなのにあり得ないって」

軽く笑って言ったが、反応がなかった。

「兄貴、聞いてんの？　俺の夢が……」

『お前、本当にそこに行きたいのか？』

「！」

まるで心の中を見透かされたようだった。当然だと答えようとしたが、声が出ない。

『どうした？　お前は本当にそうしたいのかと聞いてるんだ』

「だって、竜崎さんが……、……っ」

あとは言葉にならなかった。目頭がジンと熱くなり、涙が溢れて頬を濡《ぬ》らす。

『おい、謙二朗。いったい……』

兄の言葉を最後まで聞くことなく電話を切り、それをぎゅっと握り締めた。

「ぅ……、……っく」

ひとたび嗚咽《おえつ》が漏れると、こらえきれなくなる。

どうして駄目なのだ。どうして捨てなければならないのか。大事なものを捨てなければ、夢を摑むことができないのか。そもそも、レーサーになることが本当に自分の夢なのか。

頭の中がグチャグチャで、わからない。

「――なんでだよ……っ！」

謙二朗は、目の前の海に向かって絞り出すように叫んだ。べたついた海風が強く吹きつけ、前髪を揺らす。

まるで謙二朗の心に共鳴するように、遠くの方で海鳴りがした。


その日、竜崎は深見から店に来いと連絡を受けて『J&B』に足を運んだ。カラン、とカウベルを鳴らし、オープン前の店内に入っていく。

「よぉ、来てやったぞ」

スツールに座ろうとすると、深見がツカツカと歩いてきて、いきなり拳《こぶし》を振り上げた。

「――ぅぐ……っ！」

ガタガタ……ッ、とすごい勢いで床に転がり、壁に背中を打ちつける。ポタリと鼻から血が滴り、床を汚した。

「オーナーッ！」

「なんで謙二朗をクビにした！」

「落ち着いてください。冷静に話を……」

「橘は黙ってろ！　竜崎、どういうことだ」

床に座ったまま深見を見上げ、全部知ってるのか……、と口許を緩ませる。

それなら話は早ぃ。

「そりゃあアレだ。成り行きってやつだよ」

「貴様ぁ……っ！」

深見は竜崎の胸倉を摑み、無理やり立たせると躰を壁に押しつけた。見た目に違《たが》わない腕力に、さすがの竜崎も顔をしかめる。

「謙二朗に手ェ出したところまでは許してやる。お前らがお互いいい加減な気持ちじゃないってわかってたからな。だから俺が口を出すことじゃないと抑えてやってたんだ。だがな、今回だけはどうしても許せないんだよ」

「だったらなんだ？　俺はもともと節操なしのくだらない男だ。知ってただろうが」

わざと挑発的に言うと、竜崎はもう一発喰らった。まるで自分に罰を与えるように、殴られるまま身を差し出し、床に崩れ落ちる。

「――ぅぐ……っ！」

「オーナーッ、もうやめてください！」

橘の声が店内に響いた。ゆっくりと顔を上げると、深見は肩で息をしている。

「見損なったぞ、竜崎。金輪際、俺にその面を見せるな。――このクソ探偵！」

そう言って深見は店の奥へと消えた。

クソ探偵。

その言葉に、竜崎は思わず嗤った。よく言われてきた言葉だ。竜崎はそんな深見を『岩』と言ってからかい、お互いを口汚く罵《ののし》りながらつき合ってきた。腐れ縁の悪友。こういうのは悪くはない。

だが、今日のは違った。明らかに絶縁状という名の捨て台詞だ。

「大丈夫ですか、竜崎さん」

「ああ、心配ない」

手当てをしようと言う橘の申し出を断り、竜崎はよろよろと立ち上がって一人店を出た。

優しくされる資格なんて、ない。

「くそ、本気で殴りやがったな……」

いつまでも血が止まらず、竜崎は路肩に何度も血の混じった唾《つば》を吐いた。傷が疼《うず》くが、自分が傷つけた相手のことを思うと、こんなのは痛みのうちに入らないと思った。どうしてああいうやり方しかできなかったのだろうと、自分が情けなくなってくる。

すぐに帰る気にはならず、通りがかりにあった屋台で酒を飲んだ。だが何杯飲んでもまったく酔えなくて、もう一人の友人、國武《こくぶ》のマンションへ向かった。しかしまだ帰っておらず、ドアの前に座り込んでタバコを吹かしながらその帰りを待つ。

エレベーターから國武が降りてきたのは、一時間ほどしてからだ。

「……竜崎」

「よぉ、國武」

竜崎は、そう言って軽く手を上げた。

(相変わらずいいスーツを着てやがる……)

三人の中でも一番スマートに生きている男は、突然の来訪に少しも嫌な顔をせずに歩いてくる。

「どうした、そんな姿で」

「たまには一緒に飲まないか？」

「深見のところにでも行くか？」

「……いや、あそこはやめとこう」

それだけで何かを察したのか、國武は何も聞かずに「行くぞ」と言って竜崎を促した。

それから二人はスナックとバーを三軒ハシゴし、浴びるように飲みまくった。バーボンはもちろんのこと、度数の高い酒を選んで次々と胃の中へ流し込んでいく。三時を過ぎる頃になると、味なんかわからないほどに酔っていた。

「次行くぞ、次！」

「まだ飲むのか」

竜崎は、うんざりとする友人をせっついて歩かせた。

その時、路地の向こう側からにわかに騒がしい声が聞こえたかと思うと、七人連れの若者が道いっぱいに広がっているのが見えた。見るからにご機嫌な様子で歩いてくる。笑い声を聞いていると無償に腹立たしくなり、どうしても素通りする気になれなくなった。

（アホ面引っさげて、ガキが……）

國武はスッと躰を斜めにして避《よ》けたが、竜崎はすれ違いざまドン、とぶつかった。

「おい、小僧」

「なんだ？」

「人にぶつかっておいて、挨拶《あいさつ》なしか」

まるでチンピラの台詞だ。先を歩いていた友人は呆れた顔で戻ってきて、竜崎を宥めながら間に入る。

「悪かったな、君たち。ちょっとこいつは機嫌が悪いんだ」

「なんだってぇ？」

「そんなことが許されると思ってんの?」

「おっさん、この人数見て……——ぐっ!」

若者が言い終わらないうちに、まず一発、顔面に拳を叩き込んでやった。

「竜崎っ!」

「てめぇ、フザ……け……——ぅぐ……っ!」

ヤケクソで二人目も地面に沈ませると、残りの五人は気色ばみ、殴りかかってくる。

「やりやがったな!」

「やったがどうした? このクソガキ」

「どうしたじゃねーんだよ、おっさん!」

「おいおい、坊や。俺を無視するなよ。五対一なんて卑怯だぞ」

「うるせぇ、てめぇは……——ぅご……っ」

なぜか國武までが手を出し、場は収まるどころか手のつけられないありさまとなった。路地に人を殴る鈍い音が響き、若者たちの呻《うめ》き声が漏れ、しばらくすると通りの方から男の声が聞こえる。

「逃げるぞ。警察だ」

ジャケットを摑まれて國武の指差す先を見ると、警官が走ってくるのが見え、竜崎たちは華麗なトンズラを決め込んだ。逃げるが勝ち。国家権力には逆らわない方がいい。

二人は入り組んだ路地を走り、店の敷地内を横切って追っ手を翻弄した。完全に警官を振り切ると、アスファルトに座り込んでビルの壁に背中をあずける。

「はぁ、はぁ、はぁ……」

さすがに飲んだ後の全力疾走は辛く、二人はしばらく無言でそうしていた。そして、どちらからともなくタバコを取り出してそれに火をつけ、闇《やみ》に紫煙を吐き出す。

「なぁ、今日はどうしたんだ？　竜崎」

「まぁ、ちょっとな」

「ったく、この歳になって街で喧嘩なんてするとは思わなかったよ」

身なりのいい友人がネクタイは曲がったまま、シャツもしわくちゃになっているのがおかしくて、喉《のど》の奥で笑う。

「たまにはいいだろ？　若さを思い出して」

「若い頃もこんな殴り合いはしなかった」

そう言うと國武はふっと笑い、腕時計で時間を確認してからゆっくりと立ち上がった。

「そろそろ帰るよ。明日も仕事なんでな」

「ああ、つき合ってくれて感謝してるよ」

「一つ貸しだからな。今度奢《おご》れよ」

最後まで具体的なことを聞かずにいてくれた友人に感謝し、その背中を見送る。そして、事務所でのことを思い出した。

『もう、子供のお守りはお終い』

翔がそう言った時、謙二朗は何か言葉を発しようとしたが、思いとどまるように唇を強く噛んだ。あの表情が忘れられない。もう、あの野良猫は二度と戻ってこないだろう。

なぜかそんな確信があった。

「……今度こそ、行っちまえ」

竜崎は、咥えタバコのまま空を仰いだ。ビルの間から眺める夜空に星はないがネオンが雲に映り、うっすらと夜空が明るく見える。

眠らない街。

この汚い街は自分にお似合いだと思い、竜崎はタバコを根元近くまで吸った。


窓の外は、粉雪が舞っていた。空気が冴《さ》え渡り、しんしんと冷え込む季節。一月。

あっという間に年が明け、謙二朗は忙しい毎日を送っていた。テレビは、今年も成人式で暴れる新成人のニュースで持ちきりだ。

「そう、もっとリラックスして」

トレーナーに言われ、謙二朗は躰の力を抜いた。横になり、筋を伸ばして筋肉をほぐしてもらう。もともと躰は柔らかい方だったが、今はスポーツをやる人間として十分通用するほどの柔軟性がある。

「いいね、筋肉の質もいい。疲れが残ってると感じるところはない？」

「いえ、特には……」

「そう。この調子でコンディションを整えていこう。レースも目の前だしね」

謙二朗は、その言葉に黙って頷いた。

この生活を始めて、二ヶ月半が経っていた。青柳の会社がスポンサーをしている『チーム・神風《かみかぜ》』はまだ若いが、ピットクルーもレーサーも才能のある人間が多くいるいいチームだった。謙二朗はその中で『GP250』というクラスでのレースを走るライダーとして籍を置いている。

青柳は全面的なバックアップを申し出てくれたが、生活費の世話までしてもらうのは嫌だと言い張り、今はバイクショップでアルバイトをしながらこうしてトレーニングを積んでいる。先日はサンデーレースに参加したが、抜群のタイムを残して周囲を驚かせた。

サンデーレースはポイントや昇格とは関係なく、参加することに意義があるというスタンスの人間も多いが、謙二朗が出した結果は次への期待を大きくするものだったのは間違いない。レース初心者とは思えないと誰もが口を揃えるほどで、青柳も満足している。

どうせやるなら上りつめてやる——その思いに駆り立てられるかのように、謙二朗はただ速く走ることだけを考え、自分を押し殺している。

「ところで、環境の変化には慣れた？　前の勤め先をいきなり辞めてすぐにこっちに来ただろう。いろいろ戸惑ったんじゃない？」

「いえ。それほどでもないです」

謙二朗は事務的な口調でそう答えた。

事務所には退職届を一方的に送りつけただけで、竜崎とは話をしていない。二週間後に給料と退職金が振り込まれていたのが答えだと思った。あまりにあっさりとしすぎていていまだ現実味がなく、まるで夢を見ているようだ。自分が立っている場所がどこなのか、ときどきわからなくなる。

（俺、このままレーサーになるんだな……）

今さら何を言ってるんだと思うが、どうも実感が湧かない。こうして日々トレーニングをしていても、まるで他人事《ひとごと》のように感じることすらある。

そんなことを考えていると、ガラス窓に見覚えのあるスーツ姿の男が映った。振り返ると青柳が笑顔で近づいてくるところで、謙二朗は立ち上がってタオルで汗を拭《ぬぐ》い、軽く頭を下げた。

「やぁ、お疲れさま」

「……どうも」

「どう、深見君の調子は？」

「いいですよ。まだまだ躰の線は細いけど、これから上半身を鍛えて筋肉をつければ安定もしますし。センスは文句ないですから」

チーム専属のトレーナーは謙二朗を見て、満足げな笑みを見せた。褒められて嬉しくないはずはないが、竜崎の事務所で働いていた頃とは何かが違う。あの頃は、もっと嬉しかった。

「うちの女性スタッフが喜んでます。可愛いライダーが入ったって。スター性も十分だし、広報も期待してますよ。こういうことを言うと、深見君は嫌がるみたいですけど」

深い意味はないとわかっていても、そのテの話は苦手だった。

（そんなこと、どうでもいいじゃないか）

そう言いたくなるが、言葉にはしない。スポンサーがつくということは、純粋にレースだけを楽しむことができない一面があると、この二ヶ月半でよくわかった。常に結果を求められるという点でもそうだが、スター性なんてこともよく耳にする。

ある意味、商品になると言ってもいい。

「どうしたんだい？」

「あ、……別に」

「まだこの生活には慣れないかな？」

親切すぎるくらいよくしてくれる青柳に、謙二朗は「いえ……」とだけ答えた。ここまでお膳《ぜん》立てしてもらって、まだ不満があるなんて自分でもどうかしていると思う。だが、何かが足りない。

何かが、足りないのだ。

「無理にチームに溶け込もうとする必要はないよ。君のペースで少しずつ自分の場所を作っていけばいい」

「……ありがとう、ございます」

謙二朗は頭を下げた。

自分がここまで従順になれるなんて思っておらず、そんなところにも戸惑っていた。

チームの連中とも、そこそこ上手くやっている。中には青柳が突然連れてきた特別待遇の謙二朗に難色を示すライダーもいたが、嫌味を言われても喧嘩を挑まれても、すべて聞き流した。謙二朗があまりに無視を決め込むからか、一度同じクラスで走る本田《ほんだ》という二つ年下のライダーに「澄ましてんじゃねぇよ」と胸倉を摑まれたこともあったが、それでも抵抗はしなかった。

周りの人間が止めてくれなければ、あのまま殴られていただろう。

その時のことを思い出し、謙二朗は『俺も飼い慣らされたもんだな……』と自虐的な笑みを漏らす。

まるで、決まった時間にバランスの取れた食事を与えられ、決まった時間に決まったコースを散歩させられ、決まったメニューのトレーニングを受けさせられる犬のようだ。

牙《きば》を抜き取られて主人のために働く。

数百万単位での出資をしてもらうのだから、当然なのかもしれない。

「シャワーを浴びて上がっていいよ」

「今日は崇とここで待ち合わせを……」

「ああ、そう言ってたね。受付には言っておくから、休憩室で仮眠を取ったら？　来たら案内させるから」

「じゃあ、お願いします」

謙二朗は二人に「お疲れさまでした」と言ってシャワールームに向かった。汗を流して着替えを済ませ、休憩室の簡易ベッドに横になって目を閉じる。精神的に張りつめているせいか、緊張が解けるとすぐに睡魔が降りてきて、謙二朗は吸い込まれるようにその中に落ちていった。だがそれは、心地好い眠りとはほど遠いものだ。

「ぅ……ん……」

その表情が少し苦しげに歪み、唇の間から小さな呻き声が漏れる。

気がつくと、謙二朗は暗がりの中にいた。冷たいコンクリートの上に寝かされており、慌てて身を起こそうとするが身動きがまったくできない。人の視線を感じてそちらに目をやると、数人の男たちが自分を見ており、それは靴音を立てて周りを取り囲んだ。

『坊主、これが欲しいか？』

黒い影の一つが、そんな言葉を吐く。聞き覚えのある声だ。

『痛いか？　痛いだろう？　そりゃあ痛いよな。じゃあまた一本打ってやろう』

闇の中で、注射器がキラリと光った。先端からほとばしる透明な液体。それがなんなのか、すぐにわかった。蘇《よみがえ》るあの日の記憶。

（嫌、だ……）

謙二朗は声を出そうとしたが、金縛りに遭ったかのように指一本動かすことはできない。そうしている間に黒い影は容赦なく謙二朗を押さえつけ、針の先端を腕にあてがった。

『楽になるぞ。気持ちよくしてやる』

（嫌だ……っ）

必死でもがくが、複数の影はそれを許さない。針の先が皮膚を突き破り、血管まで到達する。そして、自分を押さえつけているのが、青柳とチームの連中だったことに気づいた時だった。

「……ろう。……けん……ろう。——謙二朗！」

「——っ！」

ハッと目を開けると、目の前に崇の顔がある。心配そうに自分を覗き込むのを見て、ようやく現実に戻ることができた。

「……っ、はぁ……っ。……なんだ、崇か」

「なんだじゃねーよ。どうしたんだ? お前、すげーうなされてたぞ」

謙二朗は起き上がり、落ちてくる前髪をかき上げて溜め息をついた。

(夢、か……)

嫌な感覚だけが残っている。

「お前、またフラッシュバックが……」

「大丈夫だ。ちょっとうなされただけだよ」

「でも……っ」

「——大丈夫だっつってんだろ!」

つい怒鳴ってしまい、そんな自分にハッとなった。崇に当たるなんてどうかしている。

「……悪い」

謝ると「いいよ」と軽く肩を叩き、謙二朗が寝ているベッドに腰を下ろした。そして、思い出したように明るい声を出す。

「あ、そうだ。もうライセンス取ったんだろう? 見せてくれよ」

「ああ」

謙二朗は一ヶ月ほど前に発行されたそれを見せた。MFJライセンス。これがあれば、日本国内での公認レースに出られる。

崇はそれを手に取って見てから「ほんとすげーな」と呟き、謙二朗に返した。

「お前、本当に竜崎さんのとこ辞めたんだ」

しみじみと言うのを見て、軽く口許を緩ませる。崇が何を言いたいのかは、痛いほどわかっていた。自分ですら、こんなことをしていていいのかと思っているのだ。

口を噤《つぐ》んでいると、崇はやはり黙っていられないとばかりにこう続けた。

「竜崎さん、最近ちょっと荒れてるみたい」

「俺には関係ない」

「お前、本当にこれでいいの？」

謙二朗は、すぐに答えられなかった。自分のやるべきことははっきりしているというのに、なぜかぽっかりと胸に穴が開いたようになっている。埋めようとしても埋まらない穴だ。まるで大きな波に呑《の》まれ、抗《あらが》う術《すべ》もなくただ流されているようでならない。だが、今さらだという気がする。

「これでいいんだよ。飯喰いに行こう」

まだ何か言いたげにしている崇を促し、謙二朗は駐車場に向かった。これから行く店を決め、崇が先に車を出すと、ヘルメットを被って深紅のバイクに跨る。

だが、その時だった。

「！」

エンジンがかからなかった。何度やっても不機嫌に唸《うな》るだけで、すぐに落ちてしまう。

「ったく、なんでかからねーんだよ」

今までこんなことはなかったのにと、ブッブッと言いながらバイクから降りて原因を探した。だが、ザッと見た限りではどこもトラブルを起こしている様子はない。

（くそ……）

謙二朗はしゃがみ込んだまま、ぼんやりとCBR900RRをじっと眺めた。へそを曲げたバイクを見ていると、責められているような気分になってくる。

「……お前、俺が他《ほか》のバイクでレースをやるから怒ってんのか？」

そう語りかけるが、もちろん反応はない。

しかし、長年連れ添った相棒は謙二朗に何か訴えているように見えた。お前はどうしてここにいるのかと、問われているような気がする。

「……仕方ないだろ」

めずらしくそんな言い訳じみたことを口にし、謙二朗はもう一度エンジンをかけようとバイクに跨った。

謙二朗が青柳の下で慣れない毎日に馴染《なじ》もうと足掻《あが》いている頃、竜崎もまた、謙二朗のいない新たな生活に調子を狂わせていた。

「あの可愛い子ちゃん、最近いないらしいな。とうとう逃げたか？」

飯島は事務所に来るなり、フザけた口調でそう言った。竜崎は自分の席に座ったまま、入ってきた男をチラリと睨む。

「辞めたよ」

タバコを咥えたまま、竜崎は言葉を捨てるように言った。新しい依頼を三件抱え、このところ休む暇もない。

事務所の中は、荒れ放題だ。

謙二朗がいた頃は片づいていた場所も、次第に荷物や書類が積み重ねられていき、今では何がどこにあるのかわからないくらいだ。ゴミ箱の中からは紙屑《かみくず》が溢れ、それが床のあちこちに散らばっている。

テーブルの上を散らかしっぱなしにしても、小言を漏らす口うるさい助手はもういない。

「お前、凶悪な顔になってるぞー」

「いったいなんの用だ？」

「そう怒るな。仕事の依頼だよ。あるブツをあずかって欲しい」

「……？」

「前に、電話で話しただろう？　拳銃摘発をやってた捜査官の件だ」

竜崎は飯島が単に時間をつぶすために来たのではないと知り、軽く身を乗り出した。

「なんだ、そのブツってのは……」

「警察の押収リストと組の密輸リスト。それと死んだ刑事の隠し口座、司法解剖の結果。書き換えられる前のな。信用のある奴に渡したいが、今海外にいる。そいつが戻ってくるまでの間あずかって欲しい。危険だぞ」

まるで意思を確認するかのように、飯島は真剣な目で竜崎を見た。関われば間違いなく危険に晒される。その覚悟。

「引き受けてくれるか？　報酬は弾むが」

飯島の言葉に、竜崎はわざと馬鹿高い金額を提示してみせた。だが、飯島は迷うことなくコインロッカーの鍵《かぎ》を投げてよこし、駅の名前を口にしてから来た時と同じようにふらりと事務所を出ていく。

（そのくらい価値があるってことか……）

飯島の行動に、それがどんなにヤバいブツなのか痛感させられた。

それから竜崎は自分の仕事を片づけ、街の中心から少し離れたとある場所に向かった。すぐ近くには、ごく普通の繁華街があるというのに、一歩奥へ入ると別世界のような風景が広がっている。道を歩いているのは東洋人ばかりだが、日本語はほとんど聞こえてこない。店の看板も見慣れない文字ばかりだ。

竜崎は黙ってそこを突き進み、ある漢方薬専門店へと入っていった。

「よぉ、久しぶりだな」

カウンターの中には、老婆がいた。

「ああ、あんたかい。生きてたの？」

「まぁな。ちょっと入用があってな」

カウンターにメモを置くと、彼女はそれを手に取って奥へと消える。戻ってきた時に抱えていたのは、小さな箱一つ。それを開けると、中には油紙に包まれたものが入っている。ゴト、と音を立てて老婆がカウンターに置くと、中身を確認してそれをしまった。

「粗悪品だな。まぁ仕方ない。いくらだ？」

「十八万。弾は別だよ。全部で二十ってトコだ」

竜崎は言われた通りの金を払った。

正直なところ、飛び道具は好きじゃない。その手軽さを知っているからだ。あまりに簡単すぎて、人を傷つけたという実感が持てない。だから罪の意識も湧かない。銃弾を受けたことのある竜崎からすると、それはとても危惧《きぐ》すべきことだ。

だが、そうも言っていられなかった。

「金は確かに……」

「じゃあな」

店主にそう言い残し、その足で今度は飯島が言った駅へと向かった。酒の匂いを漂わせながら家路につくサラリーマンの中に混じって歩き、周りに気を配りながらコインロッカーを開けた。すると、中には小さな紙袋が入っている。

（これか……）

竜崎はブツを手にすると、ネットカフェに入って捨てアドレスから飯島にブツを受け取ったとメールを入れた。もちろん、誰が読んでもわかるようには書かない。

そして何を思ったのか、メールを送り終えた竜崎は青柳のチームのホームページを検索して中を覗いてみた。コンテンツには、ライダーのプロフィールやロードレース選手権のレポートなどがあり、竜崎は謙二朗の名をクリックしてみる。

（謙二朗……）

数名のライダーの中に混じって、新顔として謙二朗が紹介されていた。本人が嫌だと言ったのか、他のレーサーたちはカメラ目線でのアップだが、謙二朗だけは少し離れたところから撮られた写真が使用されている。だが、それでも謙二朗の特徴をよく捉《とら》えていた。

革のつなぎに包まれた細い躰、生意気そうな切れ長の目。少し不機嫌そうに遠くを見ている。よく撮れた写真だ。

スタイルのいい、孤高のライダーの姿がそこにはあった。レース前なのか、誰をも寄せつけぬ雰囲気が写真全体から滲み出ている。

そして、サンデーレースのレポートにも謙二朗のことが書かれてあった。

『彗星のごとく現れた期待の新人』

結果は優勝。

一日で練習走行から決勝までを行うレースでビギナーも多く、趣味の側面が大きいとも言えるが、クラスによってはハイレベルな戦いが繰り広げられる。実際、謙二朗が参加したレースには名の知れたライダーがいたと書かれてあり、約二週間後に開催される地方選手権が楽しみだという言葉で締めくくられていた。

(俺がいなくてもやっていけるか……)

竜崎はそう自分に言い聞かせると、ブラウザのウインドウを閉じて席を離れた。


竜崎が自分のすぐ近くまで危険が迫っていると知ったのは、約二週間が過ぎてからだった。

(こりゃ、ひでぇな……)

事務所の中は荒らされていた。

PROFILE
プロフィール
ブログ
メールマガジン
メッセージ
スポンサー
DA
生
出
身
体
血
DESO
BRIDGESTON
REESOUL
BRIDGESTON
BRIDGESTO

誰かが侵入したらわかるように、ドアのところにダミーを一つ、あと事務所の奥にストッキングをほどいた極細の糸でトラップを仕掛けていたが、そんなことをする必要はなかった。机の引き出しはすべて開けられ、中身がぶちまけられている。棚のファイルもだ。

竜崎は踵を返して事務所を後にし、いったん自宅の様子を見に行った。そちらはまだ手つかずで、事務所を荒らした人間が現れないかしばらく待つ。

三時間ほど待って誰も来ないと判断すると、隠れ家の鍵をあずけている『BAR・海鳴《うみな》り』へ向かった。

だが、車を降りて店に行こうとした時――、

(くそ、来やがったか……)

人の気配に気づき、竜崎は歩調を速めた。隠そうともせずついてくる足音にここで襲う気だとわかり、それならと軽いステップでターンをして突進する。

「!」

覆面をした男だった。男は竜崎の突然の行動に不意を突かれたようだが、落ち着いたものだ。すぐに腰を落として身構える。軽くジャブを入れ、右フックで勝負を挑んだ。

「――っ!」

避けられた。股間を狙《ねら》って蹴り出された足を両手でブロックし、再び攻撃する。だが、それも簡単にかわされ、腕を取られそうになった。速い。

「――ぅぐ……っ」

横っ面に一発喰らい、竜崎は思わず地面に崩れ落ちた。重い拳だった。

（くそ……っ）

素早く銃を取り出して相手に向ける。

ガチャ、と鈍い音がし、お互いの眉間に銃口を押し当てる格好になった。

「はっ、考えることは同じだな」

やり方からして殺し屋の類《たぐい》ではないのは確かだ。ここまで近づいたのなら、プロはナイフを使う。だが、それでも危険だという状況に変わりはなかった。

男に仲間がいるのなら、お手上げだ。

（そういや、今日は謙二朗の地方選手権デビューだったな……）

こんな状況だというのに、竜崎は悠長なことを考えていた。それは、ある意味『死』を意識した瞬間だったとも言える。

「あずかっている物をよこせ」

「俺が素直に渡すと思ってるのか？」

「いいや。だからこうして脅してる」

「俺の銃口も、お前の眉間を狙ってるぞ」

言葉を交わしながらも、やはり竜崎の脳裏にあったのは、謙二朗のことだ。

サーキットを走る謙二朗のバイク。それは次々と他のバイクを抜き去り、鋭くコーナーに切り込み、前へ躍り出る。謙二朗がゴールした瞬間、チェッカーフラッグが空を舞い、歓声があがる。そして、表彰台に上がる謙二朗の姿。シャンパンと称賛を浴び、周りは祝福の拍手で満たされるのだ。

もうあの野良猫は自分のところには戻ってこない。野良猫は栄光を勝ち取り、いずれ世界へと羽ばたいていくのだ。光に向かって歩き出す謙二朗の背中が、眩《まぶ》しくてならない。

(今度こそ、ちゃんと幸せになれよ……)

竜崎が思った次の瞬間、闇に銃声が響いた。

その約三時間前サーキットでは番狂わせの結果に会場が沸き立っていた。

地方選手権GP250。

『チーム・神風』期待の新人は、それを裏切ることなく順調な滑り出しを見せていた。

「すごいよ。まさかここまでやるとはね」

興奮気味に話しているのは、ずっと謙二朗を指導してきたチームの専属コーチだ。

謙二朗は予選を二位で通過した。

今日は朝から雨で、路面のコンディションは最悪だった。雨の中の走行は、慣れたライダーでも難しい。レインタイヤに履き替えてはいるが、それでも転倒するライダーが続出した。そんな最悪のコンディションの中、謙二朗は抜群のタイムを残したのである。

「お前、調子に乗んなよ」

以前絡んできた本田というライダーが、すれ違いざまにぽつりと言った。ここに来る前の謙二朗なら、嫌味の一つでも返すところだが、そんな気分にすらならない。

それが逆に本田の神経を逆撫でしている。

「言い返しもできねーのか、この腰抜け」

そう言い残して立ち去る背中を、謙二朗は黙って見送った。このところ本田はずっとスランプが続いているとコーチから聞いていた。あの男も必死なのだと思うと、怒る気にはなれない。そして何より、本田の言ったことがあながち外れてもいないと思っていた。

自分は青柳に飼われている腰抜けだ——自分を嗤いたくなる。

「ちょっと出ていいですか？」

「ああ、決勝は明日だし、少し外の空気を吸ってくるといい」

そう言われ、謙二朗は携帯を持ってピットの外に出た。

随分と小降りになっているが、躰の芯《しん》まで冷やすような冷たい雨だ。心も凍《こご》えそうな気がして、ブルッと躰を振るわせる。

携帯の電源を入れると、着信履歴に祟の番号が残っており、すぐにかけてみた。

『――謙二朗！』

「どうしたんだ？　そんなに慌てて」

『……よかった。携帯、繋がらないから』

「ああ、悪い。レース中は電源切ってるから」

『竜崎さんが大変なんだ。事務所が荒らされてて……オリーヴさんのところにも行ってないらしいし。ヤバイ依頼を受けたっぽい』

謙二朗は、呆然《ぼうぜん》と立ち尽くした。

（なんだよ、それ……）

あの竜崎が、そう簡単にどうにかなるとは思っていなかった。これまでも、いろんな危険をかい潜《くぐ》ってきた。自分が心配せずとも、あの男が大丈夫だってことはわかっている。

だが、嫌な予感がした。

『ごめん。大事なレース中だってのに。でも竜崎さん、このところ荒れてるって言ってただろ。無茶なことやってんじゃないかって』

祟の言葉を聞き、無意識に拳を強く握る。

（何やってんだ、あのクソジジィ……）

無精髭の男の顔が脳裏をよぎり、謙二朗は喉をゴクリと鳴らした。咥えタバコの不良探偵。

自分を拾ってくれた男だ。だが、一方的にレースをやれと言って突き放した。

「俺には……関係、ない」

ようやくそれだけ絞り出すが、崇はそんな謙二朗に溜め息をつき、静かに言う。

『お前、本当にこれでいいのかよ？』

「！」

『お前、本当にレース楽しいのか？　俺、お前のことずっと見てるけど、全然楽しそうには見えない。最初に俺が連れてった走行会の時と最近のお前とじゃあ、表情が全然違う』

「……崇」

本当は気づいていた。自分は、意地を張っているだけなんだと。竜崎に放り出され、腹を立てているだけだ。

楽しくない。

謙二朗は、ようやく自分の中のもやもやの理由を認めることができた。

どんなに速く走ろうが、どんなに優遇されようが、楽しくないのだ。初めてサーキットを走った時の爽快感は、今はどこにもない。サーキットを走ることに慣れたのとも違う。

金銭的なバックアップを得る代わりに失ったもの——。

払わされた代償はあまりにも大きかった。

『今なら、まだ間に合うと思うぞ』

　謙二朗は足元をじっと見つめ、崇の言葉を反芻《はんすう》する――今なら、まだ間に合う。

「……崇、ありがとな」

　謙二朗はそう呟き、オリーブのところで待つように言ってから電話を切ると、スタッフのところに向かった。ちょうど青柳も到着したところで、謙二朗の姿を見るなり、パッと表情を明るくする。

「聞いたぞ。すごいじゃないか。予選二位だって？　期待以上の……」

「――青柳さん。話があります」

「え、なんだい？」

「俺、辞めます」

「……っ！　な、何を言い出すんだ？」

「俺、チームを辞めます。迷惑なことをしてるってのはわかってます。でも、やっぱりここは俺の居場所じゃない」

　きっぱりと言い切り、自分の決意が固いことを伝えようと青柳を真正面から見た。青柳は謙二朗の視線に圧倒されたように、見つめ返しているだけだ。

　これまで、ただ飼い主の言いつけを守るいいライダーだった。与えられた練習メニューを黙々とこなし、アドバイスもきちんと聞き、他のライダーの挑発にも乗らず品行方正に過ごしてきた。まだ予選だが、結果も出した。このまま走れば、決勝でも上位に喰い込めるだろう。表彰台に上がることも夢ではない。

だが、そんなことは謙二朗にとってなんの魅力もなかった。今欲しいのは、名誉でも栄光でもない、自分の居場所なのだ。

他のスタッフが息を呑んで見守る中、二人はしばらく対峙《たいじ》していたが、青柳が残念そうに口を開く。

「君は、そんな目をする子だったんだね」

瞳に諦めの色が浮かんだかと思うと、青柳は少し寂しそうに笑ってから続けた。

「君みたいな子に、首輪をつけようと思ったのが間違いだったかな」

「これまで俺につぎ込んでもらった金は、一生かかっても返します。――じゃあ」

「待ってくれ!」

「!」

「金は返さなくていい。私が自分で決めて出資したんだ。君がモノにならなかったのは、私が見誤ったからだよ」

青柳の思いやりに深く頭を下げ、謙二朗は踵を返して走り出した。そしてその時、一部始終を見ていた本田に、すれ違いざまに呼び止められる。

「逃げるのか? 勝ち逃げなんて卑怯だぞ」

立ち止まると挑むような目をされているのに気づき、二人は睨み合った。

「本田。お前の敵は、自分自身じゃねーのか？」

「何？」

「悔しかったら俺のタイムを越えてみろ。明日、表彰台に立ったら褒めてやるよ」

「……っ！」

何を言っても、どんな挑発をしても乗ってこなかった男が、最後に本性を見せたのだ。

本田はしばらく驚いたような顔をしていたが、ニヤリと笑ってこう切り返す。

「ふん。お前がいなくても、俺がチームを引っ張ってやる。俺だって決勝には残ってるんだ。明日は絶対優勝してみせる」

自分に言い聞かせるような言葉に、謙二朗もニヤリと笑うと本田に見送られながらその場を後にした。

あそこまで結果にこだわり、情熱を傾けられる本田にはきっと勝てないと思った。あの男は、このまま終わるようなライダーじゃない。なぜかそんな確信があり、やはり自分のような人間がここで走っていいわけがないと思いながらバイクに跨る。

(俺が行くまで死んだりすんじゃねえぞ、竜崎さん)

謙二朗はヴォン……ッ、とエンジンを吹かした。このところ調子が悪かったCBR900RRだが、今日は違った。まるで、この瞬間を待っていたと言いたげに目を覚ます。

心地好い爆音。

これだ——謙二朗は血がたぎるような思いに心躍らせた。誰のためでもない。自分のためだけに走るのだ。自分の目的のために。

それから謙二朗は、すぐさま高速に乗った。事務所に到着したのは、三時間後のことだ。

ビルの階段を駆け上がったところで一人の男が事務所から出てくる。

「よぉ、坊主。お前、レーサーになったんじゃなかったのか？」

「誰だ、あんた」

「俺か？　竜崎の元同僚だ。奴にあるブツをあずかるように頼んだ」

「竜崎さんは……？」

「わからん」

ただそう一言。

短く放たれた言葉が、今の状況を表しているようで、謙二朗は躰に緊張が走るのをどうすることもできなかった。

竜崎は今、危険の中に身を置いている。

「あんたが把握してることを全部教えろ」

「多分、追われてる。俺があずけたブツを持ってな。奴の車が見つかったことは今連絡があった。そこに行くところだ」

場所を聞くと、崇の事件の時に身を隠した倉庫の鍵をあずけていたバーの近くだった。崇に電話を入れ、現在の状況を説明してから事務所を出る準備をする。

「俺は先に行く」

そう言って謙二朗は踵を返した。


一方、竜崎は数人の男たちに追われていた。埠頭の中に逃げ込んだはいいが、人数が予想以上に多く、身動きがとれない。物陰に隠れ、自分を捜す足音に聞き耳を立てる。

（くそ……）

男と銃口を向け合っていた竜崎は、別の人間の気配を感じ、男の股間を蹴り上げて難を逃れた。あと一秒行動を起こすのが遅れていたら、間違いなく別の方向から放たれた銃弾の餌《え》食《じき》だっただろう。

勘が命を救った。だが今、竜崎は再び崖《がけ》っぷちに立たされている。

「竜崎さんだったか。聞こえてるだろう？　ブツを渡せ。命だけは助けてやるぞ」

人気《ひとけ》の途絶えた埠頭の中に、その声が響いた。だが証拠品を渡しても、殺されるのはわかっている。

竜崎はポケットに押し込んでいた包みを出した。できるだけこれに注意を向けさせ、その隙に逃げるしかない。

「——わかったよ!」

物陰からそう叫び、ゆっくりと出ていく。

「証拠品は、ここにある」

それをチラつかせながら足を前へ踏み出し、ゆっくりと男たちのもとへと向かった。

目の前に三人。倉庫の陰に二人。車の陰にもう一人。位置を確認し、ここを突破するルートを計算する。

「言うことを聞くのが利口だ。それを渡せ」

「欲しけりゃ取りに行け!」

と勢いよく海に向かってそれを投げると、竜崎は男たちに向かって立て続けに五発撃ち込んだ。ブツを奪おうと男が海に飛び込むのと同時にダッシュし、車のタイヤに二発。これで残り三発だ。

残弾を数えながら出口までの距離を計る。

その時、闇の中からヴォン……ッ、と獣の咆哮《ほうこう》のような音がした。

(謙二朗……?)

まさかと思うが、埠頭の入口から赤い怪物が爆音を轟《とどろ》かせながら姿を現した。

「竜崎さん、乗れ!」

「お前、何しに……」

「――いいから早く乗れ！」

そう言われ、咄嗟《とっさ》に後ろに飛び乗る。いきなり加速すると、謙二朗のバイクは男たちを蹴散らすようにして埠頭を出た。追っ手が迫るが、パトカーのサイレンが聞こえてきたかと思うと、ブツを手に入れただけでもいいと判断したらしく、奴らはすぐに姿を消した。

しかし竜崎は今、拳銃を持っている。ナンバープレートを読まれて持ち主を割り出されるくらいなら、あとでスピード違反の切符を切られるだけで済むだろうが、バイクを止められたらお終いだ。

「おい、振り切れるかっ？」

そう聞くと、返事をする代わりに謙二朗は再びエンジンを吹かした。腹に響くような咆哮が闇にこだまし、スピードが増す。別のパトカーが前から姿を現して道を塞《ふさ》ぐが、謙二朗はそれもあっさりとかわし、今来た道をすごい勢いで戻っていった。


警察をまいた竜崎たちは、謙二朗を追ってきた飯島と鉢合わせし、事務所で落ち合おうと言って再び二手に分かれた。一時間後、周りに気を配りながら戻ると、飯島が待ち構えている。

今日その足で、証拠品をある人物に渡す手筈《てはず》になっているらしい。

「例の物は大丈夫なんだろうな」

「心配するな。取られたブツはダミーだ。多分、もう届いてる」

郵便受の中には、竜崎宛《あて》の包みがある。

「ほら」

「……っ。……お前、まさか」

「手元に置いておくより安全だ」

サラリと言い、それを飯島に渡した。

竜崎は事務所の住所を書いた封筒に証拠品を入れ、ポストに投函していたのだ。あとは郵便配達のおじさんが運んでくれる。無防備もいいところだが、案外見つからないものだ。

事務所で中身を確認させ、間違いがないのがわかると残りの報酬を受け取って、電話で崇に無事を報告している謙二朗に目をやる。謙二朗が電話を切ると、当たり前のようにソファーに座っている男に、ここはお前の居場所じゃないとばかりに言った。

「なんで戻ってきた？」

「戻ってきちゃいけないのか？」

「当たり前だ。探偵なんてあこぎな商売やるより、レーサーになった方がずっといい」

「そんなの勝手に決めんなよ」

「事実を言ったまでだ」

二人は睨み合った。どちらも引こうとはしない。先に口を開いたのは、謙二朗だ。

「なぁ、竜崎さん。俺に惚れてるっつったのは、嘘だったのかよ?」

飯島がいる前で、こんな話をするなんてどうかしている――そう思うが、謙二朗はそんなことは気にしていなかった。

「嘘じゃない。だからこそ、お前のためにもここを辞めた方がいいって言ってるんだ」

竜崎が言うと、謙二朗はソファーから立ち上がって上着を脱いだ。そして、さらにシャツのボタンに手をかけて次々と外していく。

「お、おいっ。何するんだっ」

「見りゃわかるだろ。脱いでんだよ」

「んなことたぁわかってる」

「あんた、据え膳も喰えねぇ奴なのか?」

それを見た飯島は、面白いとばかりに身を乗り出した。明らかに、竜崎が慌てているのを楽しんでいる。なんて男だ。

「ほ〜。目の前でストリップを見せてくれんのか? 案外可愛いんだな。なぁ、竜崎」

「てめぇはさっさと帰りやがれ!」

「竜崎さんが相手してくんなきゃあ飯島さん、あんたでもいいぜ？」

「おい、謙二朗。馬鹿なことを言うな！」

翔といちゃついていたのを見せつけたことへの当てつけか——焦りながら止めようとするが、謙二朗はやめない。ツンと軽く顎《あご》を突き出すようにすると、流し目を送りながら「来いよ」と言って飯島を誘った。

なんて目だ。まるで、娼婦《しょうふ》が自分を買えと男を誘っているようだ。

「竜崎、遠慮なくいただくぞ」

「お、おい、待て！」

「何言ってんだ。お前はこいつがいらねーんだろう？　だったら俺が代わりに……」

「うるさい！　テメーは帰れ！」

「俺だって一度くらい美少年を試したい」

飯島はケラケラと笑いながら、わざと謙二朗に手を伸ばそうとする。

「いいからテメーは帰りやがれ！」

竜崎は飯島を羽交い絞めにして無理やり引きずっていき、事務所から叩き出してドアの鍵を閉めた。ドンドン……、とドアを叩いて茶化す男に「帰れ！」ともう一度言い、謙二朗を振り返る。

（なんて奴だ……）

もろ肌を脱いで男を誘うなんて、とんでもないことをする。いくら演技でも、目の前であんなことをされれば穏やかではない。恨めしげな視線に気づいた謙二朗だが、挑発的に「ふん」という顔をし、床のシャツを拾って袖を通した。そして、再びソファーに座る。

なんて気の強さだ。

だが、じっと見ていると、みるみるうちに顔が赤くなり、耳まで染まった。

「……何見てんだよ」

自分に注がれる視線に耐えながらも、謙二朗はそれだけ言った。そんなに恥ずかしいのなら、やらなければいいじゃないかと思うが、こういうやり方しか知らないのだ。

人一倍性的なことに慣れていなかった謙二朗の想いを見せられた気がし、あそこまでさせた自分の愚かさを噛み締める。

「……謙二朗」

近づいて手を伸ばそうとするが、パシッとその手を払われる。フーッ、と逆毛を立てて威嚇された気分だ。

（どうすりゃいいんだ……）

完全に怒らせてしまった相手を前に、竜崎は手をこまねいていた。すると、謙二朗の口から意外な言葉が飛び出す。

「俺を……捨てるのか？」

「！」

「あんたは勝手だ。勝手に結論出して、一方的に俺を切って……それが俺のためだって？　はっ。笑わせるな」

謙二朗は本気で怒っていた。

「サーキットを走るのは楽しいよ。でも、違うんだ。俺が求めてるのは、プロになって、企業の看板を背負って走ることじゃない。大事なもんを捨てて走っても、意味がないんだ。俺が言いたいこと、わかるだろう？　俺は……ここにいたいんだよ、竜崎さん」

拙《つたな》い告白だったが、それでも、言葉を選びながら自分の想いを口にしている。

「こんなこと……っ、言わせるな」

やっと聞き取れるくらいの小さな声で、謙二朗は言った。生意気で素直じゃない男に本気を見せられ、竜崎は「俺が悪かった」と言って抱き締めたかった。自分が間違っていたと、心から謝りたかった。だが、近づこうとすると逆毛を立てられる。

機嫌を損ねた相手をどうすればいいか、よくわからない。

「……俺の部屋に、来るか？」

そう聞くと、謙二朗はチラリと竜崎を一瞥《いちべつ》した。その視線の鋭さに「フザけんな」と言われるかと思ったが、謙二朗は無言で上着を取って事務所を出ていく。

（来るのか来ないのか……？）

慌てて事務所の鍵を閉めて追い駆けるが、謙二朗はバイクに乗って走り出すところで、仕方なく車で後を尾行ける。

謙二朗が赤いバイクのエンジンを止めたのは、竜崎のアパートの前だ。

「俺、鍵持ってねーんだけど？」

急《せ》かされ、竜崎は鍵を開けて中へ入った。靴を脱いで先に上がるが、謙二朗は玄関のところでじっとしている。来てみたはいいが、いざ中に入ると急に恥ずかしくなり、尻込みしているといったところだろう。

「どうした？」

強引にならないようさりげなく中へ促す。

生活感が溢れる部屋というのは、住んでいる人間の匂いがしみついているものだ。万年床がやけに意味深で、ついいらぬ想像をしてしまう。謙二朗もそれを見て竜崎に目をやり、サッと視線を逸らした。目許が赤い。

「謙二朗」

その前に立つとゴク、と唾を呑んだのがわかった。そんなに緊張されると、理性が吹き飛びそうになる。竜崎は謙二朗の腕を掴むと、しっかりと抱き締めた。

どれくらいぶりだろうか。腕にしっくりとくるこの感触。無意識に力が籠もり、自分の腕の中で少し苦しそうなくぐもった声がする。

「竜崎さん」

「お前、本当にいいのか？」

「……何を、今さら」

「俺から逃げるなら、今のうちだぞ」

耳の後ろに唇を押し当て、滑らかな肌の感触を確認する。こうすることが自分のエゴではないと信じられた。少し緊張気味だが、謙二朗はまるですべてを許すというように、されるがまま身を委ねている。

「いいんだよ。俺は、自分で選んだんだ。俺は……あんた一人くらい、ちゃんと、受け止め
られる」

その言葉を聞いた瞬間、竜崎の中で何かが弾《はじ》けた。部屋の中まで引きずり込むと、敷きっ
ぱなしの布団に押し倒し、上着を剝《は》ぎ取って畳の上に放り投げる。抑えようとしても、自分
を抑えられない。

「――ぁ……っ！」

こんな乱暴な扱いをしたいわけではなかった。本当はもっとじっくり愛情を注ぎたかった。

触れるたびに心が伝わるように、抱いてやりたかった。

だが、そんな余裕はない。

「つ……っ。……ぁ……っ」

シャツの上から躰をまさぐり、胸の突起を探り当てた。それがシャツに擦れてビクッとなり、そんな謙二朗の姿に翻弄される。組み敷いているのは竜崎の方だというのに、まるで余裕がない。

「謙二朗……」

素直に応じる謙二朗が愛しく、股間を押しつけて恥ずかしげもなく自分の欲望を見せつけた。こんなにもお前が欲しいんだと。こんなにもお前を愛しているんだと。そして首筋に顔を埋め、そこに舌を這わせる。

「い……痛い。……髭、痛いって」

切れ切れに訴えられるが、滑らかな肌は竜崎を魅了してやまず、それどころか苦しげな声は男をいっそう獣に還《かえ》らせた。

「たまには……剃《そ》れよ……——痛……っ」

生意気な口を叩く男が愛しくてならず、竜崎は身を起こして薬箱の中をあさると軟膏《なんこう》を取り出した。それを持って布団に戻ると、謙二朗と目が合う。準備をする間、じっと待っているのが恥ずかしいのか、少しバツが悪そうにしていた。

無言でそれを指に掬《すく》い、下着ごとズボンを脱がし後ろに手を伸ばす。

「は……、ぁ……っ、……っく！」

固い蕾は竜崎の指をいったん拒んだが、半ば強引に探ると、仕込まれた躰が本人の意思を

無視して男を咥え込むかのように、じわじわと受け入れていく。

「んぁ……っ」

躰をのけ反らせ、ずり上がって逃げようとする謙二朗の腰を押さえ、指を埋め込んだ。

「……っ、……ぁ……ぁあ」

中は熱く、ここに自分を突き立てたらどんなにイイだろうかと思い、竜崎は動物じみた吐息を漏らしながら耳朶《じだ》に嚙みついて、自分のズボンのファスナーを下ろした。そして屹立《きつりつ》したものを取り出すと、あてがい、こじあけ、押し入っていく。

「——ぁああ……っ！」

竜崎は、半ば強引に根元まで収めた。そして深々と貫いたまま、謙二朗の反応を窺う。

動かずとも、繫がった場所は無理やり自分を征服した男を責めるように竜崎をきつく締めつける。辛うじて息はしているが、取り繕う余裕もないといったところだ。そんな謙二朗に狂暴な気分が湧き上がり、我ながらこんなに余裕を欠くなんてと驚きながらさらに深みへと足を踏み入れた。

「んぁ……。——はぁ……っ、……っ。…………く。……竜——……っ！」

突き上げ、黙らせる。

竜崎はゆっくりと謙二朗の躰を揺すった。

奥深く、そして浅く、強弱をつけ、時折回しながら奥を探り、イイ声で啼くよう腰を使った。その繰り返し。

腰の動きに合わせて漏れる声に耳を傾けていると、自分が促す通りの反応を示すのがたまらなく嬉しく、そして興奮した。ただ無言で腰を動かす竜崎に少し戸惑いながらも、謙二朗は最初の言葉通り、その躰でしっかりと受け止めようとしている。

「ぁ……っ。竜……、——ぁあ……っ」

張りつめたそれがいっそう嵩《かさ》を増したかと思うと、中で爆《は》ぜた。

「……ぁ。……はぁ、……はぁ。……あんた……激し、……すぎ……」

少し呆れたように、掠れた声でようやくそれだけ言う。虚ろな目は焦点が合っておらず、それがまた色っぽく見えた。

いつの間に、こんな色気を身に纏うようになったのか——。

一回り近くも歳の離れた男に、ここまで夢中にさせられる自分に呆れる。

「謙二朗」

「……っ、……なん、だよ」

「俺といるってことは、これからもずっと、こういうことを、するってことだぞ」

「……わか……っ、……るよ」

コク、と喉を鳴らし、謙二朗がやっとそれだけ言うとみずみずしく潤った唇を親指の腹でなぞり、自分の唇を重ねて吸った。

「ん……」

微かに漏れる甘い声を聞きながらわざと腰を使い、唇を嚙む。こんなしつこいセックスをしたら、いい加減嫌われそうだと思ったが、背中に喰い込んでくる指は『自分もこの行為の続きを望んでいる』と訴えているようだ。必死でしがみついてくる腕の強さに、他の誰でもない、謙二朗を抱いているのだと実感できる。再び自分の腕に抱くことができたのが嬉しくて、竜崎は熱に浮かされたように喘《あえ》ぐ謙二朗をすぐ近くから凝視した。

見ているだけでも、興奮する。

「……ぁ、あ、……——ぁぁ」

竜崎は、自分が思いつめた眼差しをしているのを自覚していた。いったいお前はいくつなんだと問いたくなる。まるで中学生が初めて女の裸を前にした時のように、謙二朗から目が離せずにいるのだ。

童貞の男にとって女の躰は未知のものであり、神秘的で、魅力的で、ずっと眺めていたいものだ。

注がれる熱い視線に気づいたのか、謙二朗はうっすらと目を開けて言う。

「なん、だよ……。そん……に……見るな」

「どうしてだ?」

「どう、してって……、——ぁ……っ」

「見ちゃあ、いけないのか？」

「あ、……ん、……はぁ、――はぁ……っ」

「お前を、見ちゃあ……いけないのか？」

問いつめると、謙二朗は諦めたように横を向いて目を逸らした。

「あんた……今日、……おか、し……いよ」

その戸惑いが、ますます竜崎を惹《ひ》きつけてやまない。そして戸惑いながらも竜崎に身を任せ、ただ黙って受け止める謙二朗が愛しかった。

そこには男のすべてを包み込んでやれる女の深さがあり、この生意気な男のどこにそんな一面が隠されていたのかと不思議でならない。自分よりもずっと年下の男の腕に抱かれながら、何度も己の欲望を突き立てる。

「……謙二朗」

夜が更けていくにつれ世界が深い闇に沈んでいくように、竜崎もこの行為に身を落としていった。


闇が、辺りを包んでいた。物音一つしない夜に身を置いていると、この世界に二人きりしかいないような錯覚を起こす。

「……竜崎さんの……、匂いが、する」

行為が終わった後、うとうととしていた謙二朗は布団に鼻を擦り寄せた。

「シーツは先週替えたぞ。布団も干した」

その言葉に謙二朗はクス、と笑い、放り出していた手を布団の中に入れた。

「俺、青柳さんのとこで、嫌な夢ばっかり見てたんだ。クスリを打たれた時のだ」

「！」

「専門のカウンセラーなんて、なんの役にも立たなかったよ。でも、こうしてると安心する。あんたの匂い、結構好きなんだ。あんたとこうしているのも、嫌いじゃない」

「……そうか」

後ろから抱き締め、首筋に顔を埋めた。まだこういうことを面と向かって言えない謙二朗だが、それでも十分だ。自分のすべてを受け止めてくれる相手を心行くまで愛したからか、これ以上ないくらい満たされている。

「なぁ、オリーヴさんのところに行きたい」

「そうだな。明日の夜にでも行ってみるか」

「うん。あと兄貴のところにも行かなきゃ」

「ああ、俺もあいつには用事がある」

竜崎が言うと、謙二朗はゆっくりと眠りに落ちていった。安らかな寝息を聞いていると自然と瞼が重くなり、愛しい男を抱いたまま竜崎も眠る。

外は雪が降り始め、それがうっすらと世界を覆い始めていた。


「で？　クソ探偵。俺になんの用だ」

深見は、ふぅ、とタバコの煙を吐いた。嫌味ったらしい言い方をされ、この男が相当怒っているのだと痛感する。

謙二朗が戻った翌日。竜崎は『J&B』の控え室で、謙二朗と二人並んで座っていた。目の前には、岩のような男がこれ以上ないといった不機嫌そうな顔で座っている。二人が元の鞘《さや》に収まったのはわかっているようだが、何か言わなければ気が済まないのだろう。

こんなふうに二人並んで座らされていると、頑固な父親に「お宅のお嬢さんをください」と申し込みに来た男の気分になる。父親の決まり文句は言わずもがな。「貴様のような男に大事な娘はやらん！」である。

「いや……なんだ、その……」

謙二朗を思ってのこととは言え、一度クビにして突き放した立場としては、ただひたすら下手に出るしかなかった。煮て喰うなり焼いて喰うなり。罵声《ばせい》を浴びせられるのは、覚悟の上である。

「兄貴、俺が誰に雇ってもらおうが、兄貴には関係ないだろう？　兄貴の紹介だったから、一応報告はしとくけど」

「……っ」

ブラコンの手が、わなわなと震えた。

（おいおい、やめろ。そいつの神経を逆撫でするな）

「俺、また竜崎さんとこで働くから」

「……っく」

深見の拳が、さらにきつく握り締められる。テーブルをひっくり返して襲いかかってくるのも時間の問題だ。いや、それとも大魔神に変身するか。

「竜崎さんと俺の問題だから、口出さないでくれ。心配してくれてるのは感謝してるけど、俺だっていつまでもガキじゃない」

（ヤバイぞ。これはヤバいぞ……）

謙二朗のいないところで会ったら絶対に殺される……、と思いながら、竜崎は硬直していた。だが謙二朗は、そんな竜崎の思いなどお構いなしだ。

「そういうわけだから。兄貴もいい加減俺の心配ばっかりしねーで自分の幸せ探したら？

好きな奴とかいねーの？」

「ぅ……、……ぐぐ」

「じゃあ行こう、竜崎さん」

そう言って謙二朗は立ち上がった。あの深見にただの一言も言わせず、一方的に話をつけてしまったのはさすがである。

男前だ――自分が惚れた相手を改めてそう思うと、逞《たくま》しい恋人の後ろをついて逃げるようにそこを後にする。

「あ、もうお帰りですか？　竜崎さん」

「ああ、今日は飲まずに帰るよ。またな」

「はい。また今度ごゆっくり……」

にこやかに笑う橘に見送られ、鬼の棲家《すみか》から退散する。生きた心地がしなかった。そしてドアを閉めるなり、店の中からガシャーンとテーブルをひっくり返す音がする。

『橘ぁ、酒だ酒だぁ。酒持ってこぉ～い！』

中から荒れた声が聞こえ、それを宥める橘の声も聞こえてきた。

（おー、こわ……）

そのうち八つ裂きにされるなと思いながら、歩き出した。

「……なんだよ？」

「いや。お前は逞しいなと思ってな」

その言葉に、謙二朗はどうしてそんなことを言われるのかわからないという顔をする。

それから二人はその足で『スナック・九州男児』へと向かった。実を言うとオリーヴを驚かそうという崇の提案に乗り、まだ謙二朗がチームを辞めて戻ってきたことを伝えていない。

店に着くと、ちょうどオリーヴが店の看板を出しているところで、崇がそれを手伝っていた。二人の姿に気がついた崇は、オリーヴの肩を叩いてこちらを指差す。呆然と立ち尽くしているオリーヴに、謙二朗はゆっくりと近づいていった。

「ただいま、オリーヴさん」

大人びた言い方だった。飾らない言葉は、まるでずっと待たせていた女に対して放たれたもののようだ。オリーヴはしばらくじっとしていたが、鼻がヒクヒクとなり、目からじわりと涙を溢れさせる。

「謙ちゃあああ〜〜〜〜〜〜〜ん」

ドスドスとすごい勢いで走ってくると、涙と鼻水で顔をぐしゃぐしゃにしながら抱きつき、おいおいと泣き出した。

「帰ってきたの？　本当に帰ってきたのっ」

「うん。帰ってきた」

「あたし……っ、あたし、あんなこと言ったけど、本当は謙ちゃんとずっと一緒にいたかったのっ。ずっと一緒にいたかったのよ！」

嗚咽を漏らしながら、オリーヴは何度も訴えた。感動の再会のはずだが、思わず吹き出したくなるようなすごい形相である。悪戯小僧《いたずら》も、謙二朗がオリーヴにぎゅうぎゅうに抱き締められているのを笑いながら見ている。

だが謙二朗は幸せそうで、竜崎は目の前の光景を眺めながらタバコに火をつけた。

死が、二人を分かつ時まで

また、木枯らしの吹く季節がやってきた。

この季節になると、肌寒い乾いた風のせいか人恋しく感じるものだ。街の人間も例外ではないらしく、『スナック・九州男児《きゆうしゆうだんじ》』には、連日寂しがり屋たちが集まってくる。

営業時間を過ぎているため今はもう静かだが、三十分ほど前までの騒がしさの余韻がまだ残っており、お祭り後の寂しさのようなものが漂っていた。

「やっぱりオリーヴさんの鍋旨《なべうま》いよ。この一人用のなんて、最高だった」

「謙二朗《けんじろう》、お前喰《く》いすぎ。よくそれで太んねぇな」

「竜崎《りゆうざき》さんにこき使われてるからな。太る暇なんてないよ」

「あら、そうなの。だったら毎日でも食べにおいでなさいな」

「本当？　俺、毎日食べても飽きないよ」

謙二朗はカウンター席で、崇《たかし》やオリーヴと食後の会話を楽しんでいた。

オリーヴ特製あったか鍋は、鳥団子や豚の薄切り肉などをたっぷりの野菜と一緒に煮込んだヘルシー鍋で、豆腐やえのきなど、その時にあるものを適当に加える。

最後にご飯を入れて雑炊にするか、うどん玉を入れて煮込むかでいつも迷うのだが、今日はどちらも切らしていたため、一つだけ残っていたチャンポン麺《めん》を使った。

ありあわせだが、オリーヴの手にかかるとなんでも美味《おい》しく生まれ変わるから不思議だ。和食に中華、イタリアン。最近は、インド料理にも手をつけ始めた。

オリーヴのレシピに国境はない。

「あ、もうこんな時間だ。ここってつい、長居しちまうんだよなぁ」

「もう帰らないと……。そろそろ店じまいなんだけど」

「あら、そう？　ありがと。オリーヴさん、片づけ手伝うよ」

オリーヴは、ボックス席に一人残っていた客に向かって言った。井上《いのうえ》さーん、もうそろそろ店じまいなんだけど」

中を丸めて座っており、いつからいたのかわからないほど存在感がない。

「……ああ、ごめんねママ。気が利かなくて」

そう言ってハンカチを取り出すと、額の汗を拭《ふ》きながら残りのビールを一気に飲み干す。

冴《さ》えない中年男という言葉が似合う、四十過ぎのサラリーマンふうの男だった。

決して男前に分類されるタイプではなく、背は低くてお腹《なか》がぽっこりとしていて、狸《たぬき》のようだ。しかも、禿《は》げている。

敢《あ》えて男の評価できる点を挙げるとするなら、人のよさそうなところだろう。

他人《ひと》に騙《だま》されることはあっても、騙しそうにはない。ずっと一人で飲んでいるところを見ると、案外本当に詐欺にでも遭って、身投げを考えてるんじゃないだろうかと謙二朗は思った。

あの様子は、普通ではない。

「井上さん、今日はどうしたの？　ずっと一人で飲んで……」

「あ、……いや、別に。つい、遅くまで居座ってしまって」

「いいのよ。それより何かあったの？　愚痴くらいオリーヴさんが聞いてあげるわ。なんなら、少し一緒に飲みましょうか？」

どうやらここの常連らしく、オリーヴはその横に座ると俯《うつむ》いた井上の顔を覗《のぞ》き込む。

謙二朗は、何気なく二人の方を見ていた。

仕事や恋愛のことで落ち込む客と、話を聞いて慰めるオリーヴ。よく見る光景だ。

オリーヴの優しさに癒《いや》されたくて、ここに来る人間は多い。謙二朗も例外ではなく、その包み込むような温かさに触れたくて、つい足を運んでしまうのだ。

崇と一緒にここに入り浸るのも、料理だけが目的ではない。男もきっと同じなのだろうと、さして気にもせず洗い物を手早く片づける。

その時だった。

「あの……ママ。お、お話が！」

男がすっくと立ち上がるのが視界の隅に映り、まさかオリーヴによからぬことでもするのではと、謙二朗は手を止めた。思いつめた顔で身を乗り出す井上に驚いたオリーヴが、テーブルのグラスを落とす。

(あの野郎……っ!)

指の一本でも触れたらぶん殴ってやると、カウンターから飛び出した。

しかし井上は、乱暴を働くどころか、まるで軍人が上官に任務の報告でもするかのように直立したまま、緊張を全身に漲《みなぎ》らせて声を張り上げる。

「わ、わ、わ、わたしと……っ、け、け、け、結婚してくださいっ!」

カウンターから勢いよく飛び出した謙二朗ははたと立ち止まり、硬直した。崇はゴミ袋を持ったまま、啞然《あぜん》としている。

二人は顔を見合わせ、再びオリーヴたちに目をやった。

そして、水を打ったように静まり返る店内にオリーヴの声が漏れる。

「あたしオカマだけど?」

「オカマがなんだ! わっ、わたしはあなたと結婚したい!」

いきなりのプロポーズに、全員がポカンとするしかなかった。


「オリーヴがプロポーズされたんだってぇ〜?」

翌日、仕事を終えた謙二朗が事務所で報告書を作っていると、後から戻ってきた竜崎が

WILD TURKEY 8
山いも煮ころ ¥300
銘酒 一〇〇〇円
清

昨夜《ゆうべ》のことを口にした。作業をする謙二朗の後ろに立ち、次々と打ち込まれる仕事状況をモニターで確認している。

ここに来たばかりの頃に比べてキーボードを打つ速度は速くなったが、こうして後ろから見られるとやりにくい。

何度も打ち損ないをし、半分ほど仕上げたところで手を止めた。

「なんで竜崎さんがそんなこと知ってんだよ？」

「そりゃあ『スナック・九州男児』のママがプロポーズされたとなりゃあ、俺の耳に入ってこないわけがないだろう。オリーヴは人気者だからな」

竜崎はタバコを咥《くわ》え、それに火をつけた。泥臭いキャメルの香りが、部屋に漂う。

昨日の今日だ。戸惑うオリーヴの様子からすると、本人が触れて回ったわけではないのは明らかだ。

さては崇の仕業だな……、とやんちゃ坊主のような悪友の顔を思い出す。

「どうした、謙二朗。不満そうな顔して」

「相手がどんな男が知って言ってんのかよ？」

「ああ、背の低い中年太りのおっさんらしいな」

「あんな冴えない男が、オリーヴさんを幸せにできるのかと思ってさ」

謙二朗は、ぶすくれた口調で本音を吐き出した。

顔や体型だけの問題ではない。あんな気の弱そうな男が、世間の偏見に耐えてオリーヴとの結婚生活を続けられるとは思えないのだ。

どう見ても、仕事ができそうなタイプには見えないし、上司に見つかって「別れなさい」と言われれば、「はい。了解しました」と従いそうだ。

結婚詐欺ということも考えられる。

何かにかこつけて金を無心し、あらかた絞り取った後はトンズラだ。

「オリーヴの幸せを望むなら、素直に祝福してやれ」

「でも、本当にオリーヴさんのことを好きか、わかんねーだろ」

「失礼な奴だな。オリーヴには、男にプロポーズされる魅力はないって言うのか？」

「そういう意味じゃなくて、人一倍世間体とか気にしそうな男なんだよ。サラリーマンって言ってたし、会社だってあるだろ。結婚詐欺を疑いたくもなるよ」

「純粋に心配してるってのか？」

「そうだよ！　当たり前だろ」

そうは言ったものの、正直なところオリーヴを取られたくないからというのも、男を疑う大きな理由の一つだという自覚はあった。誰《だれ》かのものになるのが許せなくて、相手の男にケチをつけているだけだ。気に入らない人間のアラを、必死で見つけようとしている。

自分はなんて度量の狭い男なんだろうと、思わずにはいられなかった。

いわずもがな、竜崎にもそれを見抜かれているとわかっているため、なんとなく気まずい空気になり、黙りこくる。

（だって、いきなりプロポーズなんて……わけわかんねーよ）

情けないが、今まで自分を一番だと言ってくれたオリーヴに愛する伴侶《はんりょ》ができたらと思うと、不安になってくるのだ。

オリーヴの愛情が他《ほか》の男に移るのが、怖い。

ここに来たばかりの頃、オリーヴは謙二朗に見返りを求めない好意もあるのだということを、身をもって教えてくれた。満面の笑顔で料理の詰まった弁当箱を持って現れては、何かと謙二朗の世話を焼いてくれた。正しい箸《はし》の使い方も、誰かと食事をする楽しみも、ここに来てから初めて知ったのだ。

本当の母親とはこういうものだろうかと、それまでは恐怖の対象でしかなかった存在を漠然と理解することができた。すべて、オリーヴのおかげである。

それが、ここに来て結婚してくれという男が現れた。

オリーヴがプロポーズを受ければ、あの溢《あふ》れるような愛情は井上一人に向けられるのだ。

もしかしたら、家庭に入るために店を畳むかもしれない。

（そんなの、困る）

自分勝手な主張だと思っていても、本音は変えられない。

これでは、親離れできずにいる子供と一緒だ。結局、自分のことしか考えていないのと同じだが、どうしても素直に祝福できない。

「あのな、謙二朗」

「なんだよ」

「お前、何を心配してるか知らんが……」

竜崎がそう言いかけた時、事務所のドアが開いた。

「あの……まだよろしいですか?」

顔を覗かせたのは、身なりのいい三十代半ばのしとやかな女性だった。こういう場所は慣れないのだろう。少し不安そうな顔をしている。

竜崎は「この話は後だ」というように、謙二朗の肩に手を置いてから、そちらの方へと向かった。

「どうぞ。お入りください」

「失礼します」

彼女は頭を下げて事務所の中へと入り、勧められるまま古びた応接セットに座った。緊張気味に周りを見渡している彼女を見て、竜崎が苦笑いする。

「すみません。汚いところで」

「あ、いえ……。こちらこそ不躾《ぶしつけ》に見てしまって」

掃《は》き溜《だ》めに鶴といった感じの女性だが、お高くとまった態度はまったく見られない。礼義はわきまえているようだ。

謙二朗は、お客が来てくれたことに少しホッとしていた。竜崎とはあまりオリーヴの結婚話はしたくない。一人の男として認めて欲しい相手に、情けない姿は見られたくないのだ。

もう十分に悟られてはいるだろうが……。

「今日はどうされました」

「はい、あの……お仕事をお願いしたくて」

謙二朗はいつものように茶を持っていき、婦人の前に置いた。目が合うと、彼女は何か言いたげな顔をしたが、思いとどまったように下を向く。

「……?」

婦人の視線が何度も自分に向けられるのが気になるが、報告書の続きに戻った。謙二朗の席からも話の内容は十分聞き取れるため、悪いと思いつつ、聞き耳を立てる。

婦人の名は、山本悦子《やまもとえつこ》。

株式会社桐原繊維《きりはらせんい》という、業界ではかなり大手に入る企業の会長を父親に持ち、彼女自身も株の数パーセントを保有する株主だ。

桐原繊維は戦前から綿織物を海外に輸出しており、戦後、その需要が停滞すると合成繊維や毛織物などに素早く移行。時代に応じた軽工業品を供給し続けてきた。

今は結婚して家を出ているが、それでもかなりの資産家だというのは想像できる。

悦子の依頼は、彼女の祖母が毎年クリスマス・イヴに開いている社交ダンスパーティーに関するものだ。

桐原富子《とみこ》——悦子の祖母は、前会長・桐原重雄《しげお》の妻で、重雄は婿養子として富子と結婚している。そして、毎年恒例のダンスパーティーは、それ以前に富子が出会った男性に関係しているというのだ。

「岡田清次郎《おかだせいじろう》さん、ですか」

「はい。その方が祖母の初恋の人です」

戦後、外国に留学した富子は、社交ダンスの講師と恋に落ちた。

レッスンは週に二度しかなかったが、二人が手を取り合い、愛を囁《ささや》き合う仲になるまで、そう時間はかからなかったという。

上手く踊れるようになったら、二人が出会ったクリスマス・イヴに社交ダンスパーティーで踊ろうと約束し、レッスンを重ねた。

だが、裕福な富子と貧乏なダンスの講師とでは、身分の差がありすぎる。しかも、二人の仲に気づいた富子の両親が、そんな男とどうにかなる前にと彼女の結婚を急がせた。

社で一番のやり手だった重雄を婿に迎えようという話は前々から出ていたため、人選に時間を割くこともなく、計画は急速に進められたのである。

言うことを聞かなければ、相手の男がどうなるかわからないと脅されたとなれば、身を引かないわけにはいかない。一流のプロを目指している男の人生を狂わせてはいけないと思った富子は、違う男と結婚すると告げて別れた。

突然の別れの理由を問いつめる相手に、自分には貧しい生活は耐えられないからと言うしかなかった。

どれほど辛《つら》かっただろう。

そんな嘘《うそ》をついてでも、相手の男の将来を守りたかったのだ。

富子の結婚相手である重雄は、それを知った上で彼女を妻にすることを決めた。

もともと彼女への愛情からではなく、出世目的の政略結婚だ。過去の男の一人や二人など気にしていられなかったとしても不思議はない。

だが、夫婦の絆《きずな》というのは、後からついてくる場合もある。

重雄は富子を妻として愛し、富子も夫を愛するようになった。燃えるような情熱的な恋こそしなかったが、お互いを思いやるパートナーになることができた。

しかも、富子の恋を握りつぶした者の一人として、そのことを申し訳なく思い、彼女が岡田と果たせなかった約束であるクリスマス・イヴのダンスパーティーを毎年開くことを許したという。

そして重雄は、十二年前に他界。

富子は夫が亡くなった今でも、岡田との約束を果たすための舞台を用意しているかのように、毎年、クリスマス・イヴには小さいながらも社交ダンスパーティーを開いている。一年にたった一度だけ、夫ではない男のために、パーティーを開くのだ。

それは、騙すようにして別れを告げ、傷つけてしまった男に対する詫《わ》びの気持ちもあるのかもしれない。もう未練などないことは、富子と夫が、孫である悦子から見ても仲むつまじい夫婦だったということから推測できる。

ただ、映画のように燃え盛る恋をした若い自分を懐かしんでいるだけだろう。

「……で、その講師の方を捜して直接お詫びでもと？」

「いえ。もうお亡くなりになったと、風の便りで聞いております。ですから会いたくても無理なんです。祖母もそれはわかっております」

「じゃあ、依頼というのは？」

「祖母が、街で偶然そちらの方をお見かけしたそうなんです。それで、講師の方と瓜《うり》二つだそうで」

「うちの助手がですか？」

「はい」

悦子は、謙二朗の方をチラリと見て、申し訳なさそうに俯いた。

こっちに来い、と目で合図され、報告書の作成をいったん中断してソファーに座る。

「深見《ふかみ》謙二朗といいます」

「山本悦子と申します。探偵さんはこういうお仕事はされないと承知でお願いしたいのですが……祖母とダンスを踊っていただけないかと思いまして」

「え？」

「年寄りの我儘《わがまま》につき合う暇などないかもしれませんが、どうかお願いします」

悦子が言うには富子は足腰も弱り始めており、いずれ車椅子《くるまいす》生活になるかもしれない。ダンスが踊れなくなる前に、思い出を作ってやりたいというのである。

「まぁ、確かにうちは探偵社で便利屋ではないので、そういうご依頼は引き受けたことはないんですが、そんなにおっしゃるなら……」

「おい、ちょっと待てよ。まさか引き受ける気か？」

謙二朗は、小声で竜崎に抗議した。社交ダンスなんて、ちゃんと見たこともなければ、もちろん踊ったこともない。

踊れるのは、せいぜい運動会でやるマイムマイムくらいだ。

「やはり、こういった依頼は無理でしょうか？」

「そんなことはないんですが、いきなりのことなので、こいつも戸惑っているんですよ」

「そこをどうにか……。こういうことを申し上げるのは大変失礼かと思いますが、報酬は多めにお支払いして構いません。お金にものを言わせるなんて、品のないことだと承知しておりますが、どうしても引き受けていただきたいんです」

真剣に訴える彼女に、竜崎は「う〜ん」と唸《うな》る。

「しかし、そんなに似てるんですか？」

竜崎の問いに、なぜか悦子は少し恥ずかしそうにしながら一枚の白黒写真を取り出してテーブルに置いた。竜崎が手に取ると、謙二朗もそれを覗き込む。

「これは……」と竜崎。

謙二朗も、思わず本音を漏らしていた。

「……全然、似てない……ですよね」

悦子は、二人の反応をごもっともとばかりに頷く。

写真には、謙二朗とは似ても似つかぬ男が写っていた。ほっそりとした優男《やさおとこ》だ。優しげな顔立ちは、謙二朗とまったく逆のタイプで、どこをどう見ても似ているとは言えない。

「困った祖母で……。実は、若くて見た目のいい男性が好きと申しますか、祖父が他界してからは、寂しさからなのかアイドルにのめり込んだかと思えば、すっかりミーハーになってしまって。若い男の子が出ておりますアニメのミュージカルなんかも、よく観《み》に行っております。部屋はＤＶＤや写真集でいっぱいで……。きっと、似てなくてもいいんです。昔のように素敵な男性にエスコートされて、ダンスを踊りたいだけなんですから」

彼女の話を聞いて、謙二朗は竜崎と顔を見合わせた。

どうやら、想像した女性とは違うタイプのようだ。

身分違いの恋。引き裂かれた男女。年老いてもなお、男との約束を覚えている老婦。

そう言われると、一人の男性との思い出を心の奥に大事に抱える一途《いちず》な女性のようだが、アニメのミュージカルに夢中になり、自分の好みだからといって、好きだった男性の面影すらない男とダンスを踊りたいなんて我儘を言う。

せっかく『いい話』として聞いていたというのに、台無しである。

「これまでも、何度も自分の好みの男の子を見つけては『あの子と踊りたい』なんて我儘を言って困っておりました。今回、偶然探偵社にお勤めの方と聞きまして、それなら仕事としてお願いできはしないかと……。お願いです。一度踊れば祖母も満足すると思うんです。ダンスは本当に好きでしたから」

「でも、ダンスなんて踊れません」

「簡単なレッスンを受けていただければ……。基本のステップを覚えていただくだけでもいいんです。祖母ももう足腰が弱ってますし、本格的に踊って欲しいとは言いません」

レッスンなんて、ますます冗談じゃない。

断ってくれ、と竜崎に目配せするが、竜崎は前向きに検討しているらしい。失礼、と彼女に言い、謙二朗を少し離れたところへ連れていくと小声で相談を始める。

「なんで断んねーんだよ」

「そりゃあ、できれば引き受けたいからな」

「引き受けたい？　金に目が眩《くら》んだのかよ？」

「ああ、そうだよ。それに、もう老い先短いばあさんに、最後くらいいい思いさせてやってもいいだろうが」

「俺がダンスなんて踊れるわけねーだろ」

「女とダンスは踊れないか？」

「当たり前だ。何が悲しくて……」

「――違う。まだそういうのは無理なのかと、聞いてるんだ」

探るような真剣な目に、揶揄《やゆ》ではないとわかった。

謙二朗は、自分に向けられる好意にいまだ警戒心を抱かずにはいられない。昔ほどピリピリと反応するほどではないが、あからさまに性的な眼差《まなざ》しを注がれると、母親のことを思い出してしまう。

だが、相手が八十のばあさんなら、どうってことはない。

アイドルと同じ扱いなら、可愛《かわい》いものだ。

「どうした……？」

謙二朗は、竜崎の目を見ることができなかった。

デリカシーの欠片《かけら》もなさそうなくせに、謙二朗を気遣う余裕をいつも持っている。いつまでも過去のトラウマを心配されるのは情けないが、少し照れ臭くもある。

「どうする？」

自分を見守る男の器の大きさに、目許《めもと》が染まった。

どうしてこの男は、こんなにも余裕があるのか――。

表面だけの優しさではない。時には自分が悪人になったり、貧乏くじを引くようなことになったりしても、それが自分の決めたことなら最後まで貫こうとするのだ。

そんな竜崎の気質が、こういうところにも出ていた。

金に目が眩んだと返事をしたのも、嘘だろう。

祖母のために、必死で頭を下げる彼女の気持ちを汲《く》み取ったのかもしれない。

「じゃあ、あんたも正装してパーティーに参加しろ。だったらやる」

「は……？」

何気ない優しさに感動したのを悟られたくなくて、同じ男として超えられないものを持つ竜崎への反発心も手伝い、謙二朗はそんなことを口走っていた。

そして、二人が答えを出すのをじっと待っている悦子に声をかける。

「山本さん。そのパーティーには、竜崎も出席させていただいてもよろしいですか？　もちろん、正装をしてですが」

「ええ、わたくしどもは構いませんわ。パーティーは人が多い方が楽しいですから」

悦子の顔に、期待の色が浮かんだ。

覚悟は決めた。だが、竜崎には道連れになってもらう。

「おい、謙二朗。勝手に話を進めるなよ」

「言っちまったもんはしょうがねーだろ。で、どーすんだよ？」

挑発的にニヤリと笑ってやる。

「……ったく、お前は」

竜崎はがしがしと頭を掻《か》くと、謙二朗を「仕方のない奴だ」という目で見下ろした。思惑は見抜かれているが、当てつけなのだから、構いはしない。

竜崎は渋々といった感じで吐き捨てる。

「わかったよ。俺も正装してパーティーに出りゃいいんだろうが」

話は決まった。


「謙ちゃんが燕尾服《えんびふく》を着て社交ダンスなんて、オリーヴ、興奮しちゃうわ～」

オリーヴが満面の笑みを浮かべてウキウキと事務所にやってきたのは、水曜日の夜のことだった。どうせ適当に衣装を借りてくるつもりだろうと言い、知人がやっているレンタルブティックに行って借りてきてくれるというのだ。

さすがに二人のことを見抜いているオリーヴだ。抜かりがない。

自分がバッチリ決めてやると言って、メジャーを手にサイズを測っている。

「あら、謙ちゃんったら、思った以上に細いわね。ちゃんと食べてるの？」

「竜崎さんが変な依頼ばっかり引き受けるから、苦労してるんだよ」

当てつけに言ってやると、隣でタバコを吸いながら二人の様子を見ていた竜崎は「ん？」と言ってしらばくれた。いつもこうだ。

謙二朗の小言や嫌みは、すべて右の耳から左の耳だ。

「はい、謙ちゃんは終わり。次、竜ちゃんよ」

「俺もか？」

「当然よ。竜ちゃんもタキシード着てパーティーに出るんでしょ。せっかくだから、格好よくキめなきゃ。当日はちゃんと髭《ひげ》もあたってね」

「ったく、面倒だな」

竜崎は苦い顔をしたが、黙ってオリーヴの命令に従っている。

「大体な、俺まで巻き込むことねーだろうが」

「俺なんか、ダンス踊るんだぞ。パーティーに出るくらいで文句言うなよ」

「でも、仕事の合間にレッスンなんでしょ。大変ね」

「まぁね。結構難しくってさ、早く終わって欲しいよ」

「贅沢《ぜいたく》言うな。そのぶん、俺が他の仕事やってるだろうが」

「大体、あんたはもともと人使いが荒いんだよ」

二人が言い合いをしているのを、オリーヴは微笑《ほほえ》ましいといった顔で見守っていた。

「で、どんな人なの？　謙ちゃんにエスコートしてもらう幸運なおばあちゃんは」

「もう妖怪《ようかい》みたいな人でさ、あと百年くらい生きそうな感じなんだ。たまにレッスンを覗きに来るんだけど、ステップ間違うと杖《つえ》で叩《たた》くんだよ。あんなにスパルタだなんて聞いてなかったよ」

「あら、それは頼もしいおばあちゃんね」

愚痴を零《こぼ》す謙二朗に、オリーヴは優しい目をした。子供の話を聞く母親の目だ。普段はそうしゃべる方ではないが、優しげな眼差しを注がれていると、自然と言葉が出てくる。

「笑い事じゃないよ。ほんっとに大変なんだ」

「あらあら、謙ちゃんが弱音を吐くなんて、めずらしいわね。うふふ」

大袈裟《おおげさ》に言っているのではなかった。白髪のご婦人は、聞かされた悲恋からは想像もできない豪快でアクティブな女性だった。

手も顔も皺《しわ》だらけで見た目もよぼよぼだが、これが案外タフでフットワークも軽い。足腰が弱っていると聞いていたが、あの言葉は嘘だったのではと思わされるほど、しっかりとしているのだ。もしかしたら、依頼人に嵌《は》められたのかもしれない。

しかも、レッスンを覗きに来た日は決まって外出すると言い、バイクで送らされるのが当たり前になっている。

はじめは乗せて大丈夫かと思ったが、枯れた棒きれのような細い腕をしっかりと謙二朗の腰に巻きつけて「役得役得」なんて喜んでいるのだ。ある意味セクハラだ。

しかも、もっとスピードを出せとせっつくから始末に負えない。

振り落とされたらどうするんだと思いながら、少しずつスピードを上げていったが、富子は怖がるどころか、暴走族の若者があげるような奇声を発して喜んだ。

あれは、老人扱いすべき生き物じゃない。

「プライベートでもいいエスコートぶりじゃないか。これなら当日は息の合ったダンスが踊れるんじゃないか？　お前、気に入られてるらしいぞ」

「——誰がだよ」

「老い先短い老人の我儘に多少つき合っても、バチは当たらん」

「そう言うなら、あんたがつき合ってやれよ」

「若い男がいいって言うんだから、仕方ないだろうが」

人の苦労も知らないで……、と冷めた視線を竜崎に注いでやる。

サイズを測り終えると、オリーヴは帰り仕度を始めた。謙二朗も、すかさずスカジャンに袖《そで》を通し、グローブを嵌める。

「オリーヴさん、バイクで店まで送るよ」

「あら、ほんと？　嬉《うれ》しい～」

「報告書はどうした？」

「明日早めに来てからやるよ。だったらいいだろ？　じゃあな、竜崎さん。ちゃんと戸締まりしとけよ～」

わざと横柄な口調で言い、自分たちを見送る竜崎を置いて事務所を出た。謙二朗と二人で帰れるのが嬉しいのだろう。オリーヴは頬《ほお》を染めて笑っている。

「ね。少し遠回りしようか？　時間ある？」

「ええ、あるけどいいの？」

「うん。クリスマスツリー見に行こう。この前点灯式があったとこ、見に行きたいって言ってただろ？　三十分くらい余裕があれば、十分寄っていけるし」

「ほんと？　行きたいわ！」

「じゃあ、決まりだ」

謙二朗はオリーヴを後ろに乗せ、エンジンを吹かした。大好きな人を乗せて走るのは、一人で風を切るのとはまた違ったよさがある。

楽しそうに笑う声が後ろから聞こえてくると、心が浮き立つのだ。

目的の場所に着くと、バイクを駐車場に入れてクリスマスツリーの飾ってある広場に向かった。休日でもないのに、そこは若いカップルで溢れて賑《にぎ》わっている。

人混みの中をオリーヴと手を繋《つな》いで歩き、二十五万個もの電飾を散りばめた巨大クリスマスツリーの前に立った。

自分たちの世界に浸っている恋人たちは、二人のことなど気にもとめていない。

「きれいねぇ」

「うん。でも、オリーヴさんの方がきれいだよ」

「あらっ。謙ちゃんったら、そんなことを言えるようになったの。まったく、おませさんなんだからっ」

周りを気にしてか、声を抑え気味にしているのが可愛くて、顔を近づけて小声で言った。

「本当だよ。オリーヴさんの方がずっと素敵だって」

「やだやだっ。興奮しちゃうから、こんなところで言わないでっ」

興奮を抑えきれずに謙二朗のスカジャンを握るオリーヴと目を合わせると、声を押し殺して笑う。

それから二人は、温かいレモンティーを買って十五分ほど恋人気分を味わい、開店時間に間に合うように少し早めに『スナック・九州男児』に向かった。

店に到着すると、エンジンを切ってヘルメットを脱ぐ。

「ありがと、謙ちゃん。楽しかったわ」

「いいよ。ツリーが見たくなったら、いつでも言ってよ。オリーヴさんのためなら、すぐに飛んでくるから」

「やだ～、またそんな殺し文句～」

頬を赤らめて喜ぶオリーヴに、自然と顔がほころぶ。オリーヴのこんな明るさが、大好きだった。側《そば》にいる者を、幸せにしてくれる笑顔だ。

しかし、不意に井上がプロポーズをした時のことを思い出す。

答えはまだ保留にしていると聞いたが、それから進展があったのか気になっていた。あの件は竜崎も知っているため隠す必要もないというのに、今日は避けるように一言も触れないことを考えると、まだはっきりと決めていないのだろう。

オリーヴが迷っているというのは、言葉にされずともわかる。

「……あのさ、オリーヴさん」

「なぁに？」

謙二朗は、まだ開店準備をしていない店に目をやった。

いつもここに来ると、外には看板が出ていて暗闇《くらやみ》をそっと照らしている。古びた看板の光は派手なネオンとは違ってぼんやりしているが、どんなきらびやかな電飾よりも心を浮き立たせた。ドアを開けてすぐに聞こえるオリーヴの声は、気持ちを和ませる。

だから、明かりに引き寄せられる翅虫《はむし》のように、吸い寄せられるのだ。嬉しい時も悲しい時も、立ち寄りたいと思わせるものがここにはある。

「俺が立ち入ることじゃないかもしれないけど、井上って人のプロポーズ、受けるの？」

心臓が、小さく跳ねていた。

答えを知りたくて、でもはっきり聞くのは怖くて、ずっと聞かずにいた。だがもう、このままでいるのも、辛い。

すると、オリーヴはそんな謙二朗の気持ちを知っているかのようにサラリと言う。

「まさか、受けるわけないでしょ。あたしみたいなゴツいオカマに、本気で惚《ほ》れる男なんていないわ」

「そんなことないよ。オリーヴさんは魅力的だし、料理も上手いし、オリーヴさんみたいな人はそういないって」

「あら、そう？　謙ちゃんがそう言ってくれるだけで、嬉しいわ～。もう、今日はいいことばっかりよ。あたし、シ・ア・ワ・セ」

オリーヴは笑っていたが、どこか寂しそうにも見えた。元気なふりをしているだけということくらい、すぐにわかる。先ほどツリーを見ていた時とは違う笑顔だ。

その時、謙二朗はようやく気づいた。

オリーヴは、幸せになりたいのだ。自分だけを見てくれる特定の相手と、お互いだけを見つめ合って愛を囁くような恋に憧《あこが》れている。

それなら自分が……、と名乗りを上げようとしたが、それは言葉にならなかった。

竜崎の顔が、脳裏をよぎったからだ。

自分を拾ってくれた、不精髭の不良探偵。もう何度も躰《からだ》を重ねた。

オリーヴは謙二朗にとって特別な存在だが、恋人と言えるのは竜崎だ。躰を熱くしてくれる相手は、竜崎以外にはいない。激しく感情を揺さぶられることもあるが、それでも一緒にいたいと思える相手である。

オリーヴは竜崎とは違い、穏やかな優しさを注いでくれる存在だ。

恋人ではない。

(俺、最低だな……)

謙二朗は、無意識に眉間《みけん》に皺を寄せた。

竜崎とああいう関係になっておきながら、オリーヴにはずっと側にいて欲しいと、誰にもオリーヴを渡したくないと思っている。それは、家庭を捨てられないが、愛人の浮気は許さないと言っている男と同じだ。

自分の都合ばかりを優先する、ただのエゴイストでしかない。

竜崎とオリーヴがまったく別の意味を持つ存在なのだというのは、自分でもとうに気づいていた。だったら、素直に幸せを祈ってやるべきだということにも。

しかし、それができない。

「どうしたの、謙ちゃん」

「……っ。……あ。いや、別に。また今度、崇と店に来るよ」

謙二朗は慌てて笑顔を作った。上手く笑えた自信はなかったが、オリーヴはいつもと変わらない態度だ。

「美味しい物を用意しておくわね」

「うん、お腹空《す》かせてから来る」

手を振りながら店の中へと消えていくオリーヴを最後まで見送ると、謙二朗は重い気持ちを抱えたまま自分のアパートに向かった。


十二月に入った。

この時期は、クリスマスが近いということもあり、浮気調査の依頼が増える。イヴは本命のために空けておくが、日にちをずらして浮気相手と過ごしたり愛人にプレゼントを買ったりするのだ。

男とは愚かな生き物で、少し考えればわかる嘘をつき、罪を重ね、そして証拠を残す。

一つ一つの仕事は基本的なことばかりでそう難しくはないが、依頼の数が通常の倍以上になる。探偵は大忙しだ。

ダンスのレッスンは基本的に仕事の合間の可能な時間という約束でやっているため、無理に予定を組んでいるわけではないが、プライベートの時間が削られるのも事実で、このところあまりオリーヴに顔を見せていない。

崇から聞いた話によると、井上は頻繁に店にやってきてはオリーヴにプロポーズをしているという。それは常連客にも知れ渡っており、二人の行く末は注目の的になっている。

面白くなかった。

「おはよう、何してるんだ？」

「……っ。あ、おはよう」

「朝っぱらからぼんやりして、風邪《かぜ》でもひいたか？」

竜崎はコンビニで買ってきた朝食を机の上に置き、袋の中をガサガサと探った。食べるかと聞かれたが、湯気を上げる肉まんを見ても食欲は湧《わ》かない。

このところずっと朝食は簡単に済ませていた。あまり食事を抜くと時には低血糖気味になり、目眩《めまい》を起こしたり倒れたりすることもあるため仕事中は極力摂《と》るようにしているが、夜は抜いてしまうことの方が多い。

悩みがある時などは、オリーヴのところに行けば笑顔と美味しい料理のおかげで食欲も出るが、今は悩みというのがオリーヴに関することなのだからどうしようもなかった。

「謙二朗。お前、今日は朝からレッスンだろう？　行かなくていいのか？」

「うん、あとちょっとしたら出る。それより、そっちの仕事手伝わなくていいのかよ？　今が一番忙しい時期なんだし、何も丸一日レッスンしなくても……」

「一度受けた仕事なんだ。あちらさんの厚意に甘えるばかりじゃなく、できる範囲で応《こた》えないとな。それに、俺の方はそう心配するな。慣れてるよ」

「でも、今日から出張なんだろ？　また浮気調査？」

「ああ。現地妻がいるのはわかってるんだ。大して難しい仕事じゃない。それよりお前、本当はあのばあさんの相手にうんざりしてるんじゃないのか？」

竜崎はあっという間に肉まんと卵サラダを平らげると、ホットレモンティを流し込んだ。ぼんやりとそれを眺め、今竜崎に言われたことを反芻《はんすう》して「そうなのか？」と自問する。

答えは半々。

正直なところあのばあさんの相手は疲れるし、できるだけレッスンなんて受けたくはないが、もう慣れてしまった。ちゃんと仕事だと割り切れている。

「疲れたか？」

竜崎は、急に真面目《まじめ》な顔になって謙二朗をじっと見つめた。

こういう目で見られると、自分が大事にされているとわかり、居心地《いごこち》が悪くなる。

「別に……。あんたが受けたい依頼っつったから、やってんだろ」

「そうだが」

無駄に突っかかってしまうのをどうすることもできないが、竜崎はそんなことはまったく気にしちゃいなかった。お前の言う通りだよ……、とばかりに自分が悪者になってくれる。

またた。

謙二朗は、ぼんやりと思った。

またこうして、竜崎に甘えている。こんな依頼を引き受けた竜崎に不満があるわけではないし、仕事をえり好みしていいとも思っていない。

そもそも、イライラしているのは仕事のせいではなく、オリーヴのことがずっと気になっているからだ。黙ってそれを受け止めてくれる男に、自分がどれだけ小さい人間なのかを思い知らされた気がしてならない。

「そんな顔晒《さら》してると、襲うぞ～」

竜崎は、いきなり立ち上がると謙二朗の腰に手を回した。引き寄せられて反射的に後退《あとずさ》るが、下がったぶん竜崎も前に足を踏み出したため、壁に追いつめられる格好になる。

「ちょ……っ、なんだよ」

「なんだよって……襲ってやろうかと思ってな」

尻《しり》をぎゅっと摑《つか》まれ、頬がカッとなった。

何が「襲ってやろうか」だ。

世間話をするかのように、恥ずかしげもなくそういうことを言える竜崎が憎らしい。

「朝っぱらから、よくこういうことができるな」

「最近、ご無沙汰《ぶさた》だ」

「言うことがおっさんなんだよ」

「おっさんだからな」

壁に追いつめられたまま、膝《ひざ》を膝で割られた。すでに屹立《きつりつ》しているそれを「どうだ？」と言わんばかりに押しつけられ、顔を背けた。

若い躰は、応えるように反応し始めている。

「あんた……っ、本当にサイテーだな」

「知ってる」

声が笑っていた。こういうイタズラを愉《たの》しそうにする竜崎に、戸惑わずにはいられない。

大人の戯れ。

まだ素直になれない謙二朗にとって、それはハードルの高い遊びだった。笑って愉しめるようになるには、まだ早い。大人の余裕というやつを持つ男に対する嫉妬《しっと》もあった。

「……いい加減にしろって」

焦っているのを悟られたくなくて、冷静さを保とうと声を抑えて牽制《けんせい》する。

「このまま仕事を放り出して、欲望の赴くまま貪《むさぼ》り合うのもいいな」

「冗談、だろ……っ」

「俺はそれでもいいぞ。レッスン、嫌なんだろ？」

さらに、腰を押しつけられた。尻を掴んでいたイタズラな手がジーンズの上から蕾《つぼみ》のある場所をまさぐり、微《かす》かな刺激がもどかしさを呼ぶ。今から仕事だというのに冗談じゃない……、と思うが、この先にある悦楽の味を知る躰は、誘惑にぐらついていた。

「ま、待てって」

「お。それいいな。もういっぺん言ってみろ」

「何がだよ」

「嫌よ嫌よってのが、そそるんだよ。今からオフィスラブごっこでもするか？　部長に迫られる新入社員なんてのはどうだ？」

「フザけんな……っ」

「団地妻ってのもある」

嫌がれば嫌がるほど、竜崎は調子づいていく。

こういう時、どうすればいいかわからない。応じることもできないが、嫌がれば相手を喜ばせることも十分知っている。八方塞《ふさ》がりだ。

「あんたが欲しいんだよ、奥さん」

「！」

芝居がかった言い方に、ドキリとした。恥ずかしくて、回された腕を引き剝《は》がし、思いきり突き飛ばして近くにあったファイルを投げつける。

「いい加減にしろって！　この、ド変態野郎！」

「おっと！」

ファイルは惜しくも竜崎の横を通過し、後ろにあったごみ箱を直撃した。さらにノートを投げつけるが、これも不発。次々と投げつけられる物を笑いながらよける竜崎に、ますます頭に血が上ってムキになるが、とうとう手近に投げる物がなくなってしまった。

諦《あきら》めて、怒りを静めて呼吸を整える。

こんなエロオヤジを相手に、本気になって怒っていたら身がもたない。

「それより、もう時間じゃないのか？」

時計を見ると、ちょうど事務所を出る時間だった。

「わかってるよ！」

「妖怪のセクハラがエスカレートしたら言えよ。うちは出張ホストじゃないって、釘《くぎ》刺すくらいしてやる」

「あんな妖怪ババァにセクハラされるくらい、どうってことない。あんたのよりマシだ」

「ほぉ、お前も逞《たくま》しくなったな。じゃあ、しっかり働いてこい」

「あんたこそ、ヘマすんなよ」

嫌みの一つも言ってやらなければ気が済まなくて、謙二朗はそんな言葉を残して事務所を後にした。まったく……、と呆《あき》れながら階段を駆け下りるが、少し調子が戻ってきている自分に気づいて足を止める。

そして、事務所のある上の階を見上げた。

(竜崎さん……)

あれは、竜崎の計算だ。弱ったところを素直に見せられない自分を、さりげなくフォローするための一つの手段に他ならない。

余計なことを……、と思うが、救われているのは紛れもない事実だった。

一人になった竜崎は、しばらく謙二朗が出ていったドアを見つめていた。

タバコを取り出し、火をつける。

(やっぱり、オリーヴのことを気にしてやがるな)

謙二朗の様子がおかしくなったのは、オリーヴがプロポーズされてからだ。なんでもないふりを装っているが、激しく動揺しているのはわかる。

このところずっと不安定で、イラついているのも知っていた。

自分の感情をコントロールしようとしているが、それができずに足掻《あが》いている。時折見せる思いつめた表情は、見ている方が胸が痛くなる。

単に井上という男に、嫉妬しているのではない。

そこに表れているのは、自己嫌悪だ。このところ、謙二朗は自分をずっと責めている。

素直にオリーヴの幸せを願ってやれない自分をだ。

（ま、それも仕方ねぇか）

オリーヴは、頑《かたく》なに閉ざした謙二朗の心を解きほぐした人物といえる。今は随分と回復したが、母親のトラウマから完全に解放されているわけではないだろう。

無理もない。実の母親にまともな愛情を注がれず、大人になってようやく見返りを求めない愛情というものを知ることができたのだ。それなのに、オリーヴが誰か特別な男と家庭を持つとなれば不安にもなるだろう。親に見捨てられた子供のような、喪失感を味わっているのかもしれない。

怖くて、不安で、仕方ないはずだ。

それを口にできるならまだ救いがあるが、謙二朗は弱い部分を見せようとしない。隠し、誤魔化《ごまか》し、自分の中だけで解決しようとする。いじらしくて、見ていられない。

だが、謙二朗のためにオリーヴをずっと縛り続けるわけにもいかなかった。

結局、自分で乗り越えるしかないのだ。

(今が、親離れする時だぞ……)

竜崎は、謙二朗に向かってそう訴えていた。

それが簡単でないことは、わかる。思春期に入った子供が、自然と親離れしていくケースとは違うのだ。忌まわしい母親との記憶を抱えて生きていた謙二朗に、本当の愛情というものを教えてくれた相手からの卒業みたいなものだ。

(お前が崩れそうになったら、俺がちゃんと支えてやるよ)

竜崎は半分は自分に言い聞かせるように、心の中で静かに呟《つぶや》いた。


ダンスレッスンのために桐原邸に出向いた謙二朗は、目の前の妖怪もどきを見下ろしたまま、じっと突っ立っていた。耳を疑いたくなったのは、富子から聞かされた今日の予定だ。

「買い物、ですか?」

「そうよ。あんたも来るんだよ」

「あの……レッスンは?」

「レディが買い物って言ったら、黙ってついてくるもんだよ。さ、おいで」

おいでと言われても、困る。

(なんで、俺がデパートに行かなきゃならないんだ……)

桐原家ほどの資産家ともなると、わざわざ出向かなくても外商の人間が品物を持って屋敷を訪れるだろう。実際、それらしき人間が出入りするのを、二度ほど見たことがある。

それなのにわざわざ出かけるなんて、富子が足腰が弱っているとは、本気で思えなくなってきた。

「もしかして、俺は朝から来る必要はなかったんじゃあ……?」

「若いのに、固いこと言うんじゃないよ。人生楽しまなきゃ」

ひゃっひゃっひゃっひゃ、と笑う富子は、心底楽しそうだった。確かに、我儘は言いたい放題で、好き勝手に生きている富子は人生を満喫していると言えるだろう。

(この、妖怪め……)

こめかみに血管が浮かぶ。

しかし、これでも一応依頼人だ。下手に機嫌を損ねると、後々どんなクレームをつけられるかわからないと、黙って従うことにする。

どうせ今から事務所に戻っても、仕事はない。

「すみません。祖母が我儘を申しまして」

富子に振り回される謙二朗に申し訳なく思ったのか、様子を見に来ていた悦子が頭を下げ

る。こうなることは、ある程度予想していたのだろう。

謝るくらいなら、あのアクティブな老人を調教しておいてくれと思うが、彼女も被害者と言えばそうだ。限られた時間しか会わない自分とは違い、富子の孫という立場から一生逃れられない悦子を思うと責めるのもどうかと思い、仕方なく買い物につき合うことにする。

「いいえ、これも仕事ですから」

「それでは、祖母をお願いできますでしょうか？」

「はい、わかりました」

「本当にありがとうございます」

年上の女性に何度も頭を下げられるのは居心地が悪く、すぐに出かけることにした。

（しょうがねぇな……）

富子の準備が整うと、運転手つきのベンツに乗り、黙って運ばれる。

今日は寒さは和らぎ、ぽかぽかとした陽気に包まれていた。子連れの母親が、子供と一緒に歩道の落ち葉を拾って遊んでいる。

「ひゃ～、こうして買い物に行くのも、久し振りだねぇ。生き返るよ」

よそ行きの和服に身を包んだ富子は、後部座席に座ったまま脚を浮かせ、草履《ぞうり》をパタパタとさせた。皺だらけの手には、大きなダイヤの指輪。

宝石などには興味のない謙二朗にとって、それは磨いた石でしかない。

だが、太陽の光を浴びたそれが放つ輝きを見ていると、女性が宝石に魅入られる気持ちもわからないではなかった。

「あんた、若いのに無口だねぇ。今からしょっぴんぐに行くんだから、もっと浮かれたっていいのに。なんか買ってあげようか？」

「いえ、いいです」

「じゃあ、あいすくり～むでも食べようか？」

「それもいらないです」

「人が買ってあげようって言ってんのに、興味も示さないなんて年寄りみたいな子だねぇ。日本の男どもも、イギリス紳士みたいにもっと女性に優しく接することを覚えて欲しいもんだよ。でないと女の子にモテないよ？」

富子は「まったく」と言って大袈裟に溜め息をついた。

（ほっとけ……）

サービス精神なんて、もともと持ち合わせていないものを要求されても困る。黙って買い物につき合うだけでも、随分と努力しているのだ。

富子があと二十歳若ければ、フザけるなと言って仕事を放棄しただろう。老人を怒鳴りつけたりするのは、後味が悪いから我慢しているだけだ。

「おいで。ちゃんとあたしについてくるんだよ」

デパートに到着すると、謙二朗はさっさと歩く富子の後ろをついて回った。平日の昼間だからか、主婦らしき女性ばかりが目立ち、自分だけ浮いている気がしてならない。

傍《はた》から見れば、富子たちは買い物に来た祖母とそれにつき合う孫だ。

店員たちは、微笑ましいという目で二人を見ている。

「ほら、あっちだよ」

富子は、バッグが並んでいる有名ブランドのショップへと入っていった。

「いらっしゃいませ。何をお探しでしょう」

「そうねぇ。特に決めてないんだけど、いいのがあったら買おうかと思ってねぇ」

「どういったタイプの物がお好みですか？」

「これとそれ。あの上に飾ってるのも見せてくれるかい？」

富子は手当たり次第目についた物を棚から出すよう言い、それを持った自分の姿を鏡に映した。謙二朗から見ればどれも同じなのだが、彼女にとっては違うのだろう。

三十分ほどしてようやく決まると、清算をして商品を包んでもらう。

この三十分の長かったこと。

謙二朗は、既にうんざりしていた。

「では、こちらがカードの控えになっております。商品はお持ちいたします。どうぞ」

店員はレジで商品を渡そうとはせず、ご丁寧にそれを持って店の外まで見送りに出る。

「今日は、これからお孫さんとお食事にでも行かれるんですか?」

「孫?」

「女性の買い物につき合いたがらない男性も多いのに、優しいお孫さんなんですね」

富子はピクリとなり、若い店員をジロリと睨《にら》み上げた。

「孫だなんて失礼だね。ボーイフレンドに決まってるだろう。あたしが歳《とし》だからって、馬鹿にすんじゃないよ」

「こ、これは失礼いたしました」

「ああ、これだから若い店員ってのは……」

よくもまぁそんなデタラメを言えたものだと、謙二朗は呆れた目を富子に向けた。人の視線を感じてそちらを見ると、隣の店の店員と目が合う。すぐに目を逸《そ》らされたが、彼女が何を思ったのか、大体想像できる。

二十代前半の男が、大きなダイヤの指輪をした資産家らしき老婆のボーイフレンド。金目当てのホストだと思われただろう。

「いくつになっても、女は女なんだよ」

「も、申し訳ございません」

若い店員は、何度も頭を下げた。富子に捕まってしまったのが、運の尽きだ。自分も富子に泣かされるばかりで似た境遇だからか、彼女に同情する。

嘘はいけませんよ、と言ってやろうかと思ったが、こういう客を上手くさばくのも接客業に携わる人間として必要なスキルだろうと、成り行きに任せた。二人の間柄を確認もせず、余計なお世辞を言った方に非がないとも言えない。

富子は五分ほど説教をしていたが、ただひたすら謝罪する彼女の態度を認めたのか、言いたいことを全部言ってしまうと思ったよりあっさりと引き下がる。

「まったく、気分悪いったらありゃしない。さ、行くよ」

謙二朗は、買ったバッグの包みを店員から受け取り、先を行く富子を追った。黙っているからか、富子は立ち止まって振り返り、謙二朗を見上げる。

「なんか文句あるのかい？」

「別に」

「ボーイフレンドって言ったのが、気に喰わないのかい？」

「いえ。別に……」

「まったく、無口でいやんなるよ。ま、男のおしゃべりは一番嫌いだけどね」

いったいなんと言えばよかったのか。

一応考えてみるが、気まぐれな老人の考えていることなど、ひよっこの謙二朗にわかるはずもなく、無駄な努力は諦めることにした。

文句を言われるのも、仕事のようなものだ。

「ちょっと、ここも寄ってくよ」

二人が次に立ち寄ったのは宝飾品売り場で、謙二朗はますます居心地が悪くなった。なんの拷問なんだと言いたくなる。

少し離れたところで待っていると言おうとしたが、その時、見憶えのある男の姿が目に飛び込んできて、謙二朗は足を止めた。ある有名ジュエリーブランドのカウンターの前に立ち、ガラスケースの中を一所懸命覗いている。

オリーヴにプロポーズをした、井上である。

（何やってんだ……？）

井上は店員に声をかけられると、スーツのポケットからハンカチを取り出し、噴き出す額の汗を拭《ぬぐ》いながら何やら説明を始める。何度も頷《うなず》き、恥ずかしそうに笑っている井上は、なぜか幸せそうだった。

オリーヴにプレゼントでも買おうと思っているのだろう。

聞かなくても、井上たちがどんな会話を交わしているのか手に取るようにわかった。

こういったことに慣れていなさそうな冴えない中年男性に、若い店員は親切にあれこれアドバイスをする。

クリスマスプレゼントなのか、婚約指輪でも買うつもりなのか。

こちらなどいかがでしょうか――手袋をした店員が、鍵《かぎ》のついたケースの中からいくつか取り出して並べた。

間違いない。指輪だ。

その扱い方から、安いものではないとわかる。

（あんなもの……）

謙二朗は、その様子を離れたところからじっと見ていた。

何が気に喰わないのか。次第に腹立たしくなってきて、井上の態度や仕種《しぐさ》一つ一つに苛立《いらだ》ちを覚えた。他の人間がしても気にならないことが、癪《しゃく》に障るのだ。

相手が井上なら、今はくしゃみをしても憎いと思える自信はあった。

「これ、深見」

「――っ！」

声の方を振り返ると、富子が手招きをして荷物を運べと催促していた。

井上のことが気になって後ろ髪を引かれたが、これでも一応は仕事中だ。すぐさま、富子のところへ行く。

「もう買い物はこれでおしまいだよ。運んどくれ」

今度はほとんど召し使い扱いになっているが、黙って買い物の袋を持ち、駐車場に向かった。

エレベーターに乗る寸前、井上のことを振り返ると、まだあれこれ悩んでいる。優柔不断な男だ。

（あんた、本当にオリーヴさんを幸せにできるのかよ？）

謙二朗は、恨めしげな目をしてしまうのをどうすることもできなかった。


その日。謙二朗は自分のアパートに戻る前に、いったん事務所に立ち寄った。竜崎が置きっぱなしにしていた雑誌を片づけてからゴミを集め、袋に入れる。収集日は明日だったが、シュレッダーの中にあるゴミも全部袋に詰めた。

それが終わると椅子に座り、ふぅ、と溜め息をつく。

結局、午後になってもすぐには屋敷に戻らず、謙二朗はあれから女性の美についての講演会に連れていかれ、退屈な時間を過ごした。しかも、富子は途中から口を開けて寝ているのだ。わざわざ昼寝をしに、座り心地の悪い椅子が並んでいる小ホールに行かなければならない理由がわからない。

これは、自分に意地悪をするために連れ回しているとしか思えなかった。

なんの恨みがあってこんな手の込んだ真似《まね》をするのか――そう訴えたくなるのを我慢し、最後まで富子につき合った。屋敷に戻ったのは夕方で、その後謙二朗は二時間ほどダンスのレッスンをしてから、ようやく解放されたのである。

「ったく、冗談じゃねぇよ……」

脱力しながらポツリと零した。

まだ、寒空の下で調査対象者《マルタイ》の張り込みをする方が楽だ。女性ばかりの場所に男一人連れていかれると、鳥の群れの中に紛れ込んだコウモリみたいな気分になる。

自分に注がれる視線が耐え難く、この上なく居心地が悪いのだ。

ダラリとした格好で机に肘《ひじ》をつき、静まり返った事務所を眺めていた。いつもは感じないが、一人でいると広く、そして無機質に感じる。

いや、気持ちの問題なのかもしれない。

謙二朗は普段の様子とは違う事務所の姿をぼんやりと眺め、富子に言われたことを思い出していた。


「あたしの奢《おご》りだから、好きなものをお食べ」

それは、昼食を摂るために連れていかれた蕎麦《そば》専門店でのことだった。

店の中は、お金と暇を持て余していそうな奥様方でいっぱいだ。謙二朗を従えた富子は、得意げな様子で個室のある方へと向かう。

二人は、蕎麦と天ぷらのセットを頼み、デザートにゆずのシャーベットをつけた。蕎麦湯もついており、いい香りがする。

なんの曲なのかはわからないが、店内を流れる琴の音がゆったりした空気をさらに優雅に演出していた。

「どうだい？」

富子は、謙二朗が一口食べるのを待って、そう聞いてきた。

「はい、美味しいです」

「ここの蕎麦は手打ちで蕎麦粉もいいのを使ってるんだ。あんたみたいな味のわからない若いもんには、贅沢なものだよ」

「味くらいわかります」

「本当かねぇ」

「こんなに蕎麦粉のいい香りがする蕎麦は、初めて食べました。出汁《だし》が薄味で蕎麦に合ってるし」

「ふ～ん。じゃんくふーどなんてもんばっかり食べて、味覚なんか麻痺《まひ》してると思ってたけど、お行儀もいいようだね。箸の使い方もさまになってるよ。あんたのお母さんは、躾のできるいい人だったんだろう」

富子の言葉を聞いた謙二朗は、無意識に顔をしかめていた。

違う。これは、母親に習ったのではない。オリーヴが教えてくれたのだ。

声には出さなかったが、富子に反論する。

実の母親は、男と見れば誰彼構わず色目を使うような女で、教えてくれたことと言ったら、男と女がどうやってセックスをするのかということくらいだ。実の母親が、自分の息子《むすこ》を性欲の対象にできるということもだ。

その時、謙二朗の頭の中に、小学生の頃に閉じ込められた自室で幾度となく繰り返された行為の忌まわしい記憶までもが、蘇《よみがえ》ろうとしていた。

「どうしたんだい？」

「いえ」

「悪かったね。なんか癇《かん》に障ったかい？」

サラリとした言い方だったが、めずらしく謝罪の言葉を口にする富子に、謙二朗の方が面喰らった。

それだけ不愉快そうな顔をしていたのかと、嫌な記憶を無理やり封じ込める。

「だけど、箸の使い方がいいのは、本当だよ。躾ってのはね、一生の財産なんだ」

「財産？」

「ああ、そうだよ。どんなにイイ男でも、食べ方を見れば育ちってのがわかる。普段どんなにスマートに振る舞っていても、成金の大馬鹿野郎かどうかは、一度食事をすればすぐにわかるもんさ。あんたの食べ方は、見ていて気持ちがいい。箸の使い方を教えてくれた人に、感謝するんだね」

オリーヴを褒められたようで、少し嬉しかった。

我儘は言い放題で自分勝手な妖怪もどきだが、さすがに資産家とあって人を見る目はある。こんな些細《ささい》なことから、オリーヴのよさを感じ取ることができるなんてと、感心した。

そうだ、自分に箸の使い方を教えてくれた人は、優しくて、包容力があって、母親のようなすばらしい人だ。

誰に言うわけでもなかったが、謙二朗は自分の中でそう訴えていた。

「どうも、ありがとうございます」

素直に礼を言うと、富子は少し驚いた顔をし、そしてまた謙二朗を褒めたのだった。


あの時の富子を思い出し、間接的とはいえ、いつも文句ばかりで我儘を言う老人を感心させたオリーヴを自慢に思った。

急に会いたくなるが、母親の代わりに自分に財産になるものを授けてくれたオリーヴは今、井上という冴えない中年男からプロポーズを受けている。

行きたいのに行けないのは、探りを入れてしまいそうだからだ。

恋人として名乗りを上げることもできないくせに、二人のことが気になり、言葉の端々にまでその手がかりを見つけようとしてしまいそうだ。それは卑しい行為のような気がして、そんなことをするくらいなら、会うのを我慢する方がまだマシだと思った。

（あいつのせいだ……）

謙二朗は、無意識のうちにその責任を井上になすりつけていた。デパートで見た、宝飾店のカウンターで指輪を選んでいた時の様子が蘇ってくる。

あれは、明らかにオリーヴさんに贈るための指輪だった。

（あんな奴が、オリーヴさんに釣り合うわけない）

もう、ずっとそんな思いを抱えている。

ふと時計を見ると、事務所に戻って一時間以上が過ぎていた。

竜崎が帰ってくるはずがないというのに、どうして戻ってきたのだろうかと、こんな行動をする自分がわからない。アパートに帰る気にもならず、こうしてうだうだと時間を潰《つぶ》している。意味がないとわかっているのに、どうして帰らないのか。

それは、どこかで竜崎からの電話を待っているということなのだろうかと、いつになく弱気になっている自分に気づく。

（竜崎さん……）

謙二朗はしばらくじっとしていたが、ここにいても意味がないとようやく腰を上げる気になり、電気を消した。

その時、事務所の電話が静寂を破る。

「……っ」

謙二朗は、帰ろうとする自分を引き止めるように鳴り続けるそれをじっと見た。タイミングがよすぎる。まるで陰から謙二朗の行動を見ていたかのようにかけてくる相手は竜崎以外思いつかず、受話器に手を伸ばす。

「はい、竜崎探偵事務所」

電話の向こうからは、人の気配がした。車の走行音が聞こえる。外からかけているのは、間違いない。竜崎だ。

「竜……」

『花田《はなだ》さんのお宅ですか？』

聞こえてきたのは、竜崎とは似ても似つかない中年女性の声だった。自分の勘違いに落胆し、動揺したままなんとか声を絞り出す。

「いいえ、違います」

『あっ、すいませ～ん。間違えました～』

電話の主は、慌てた様子で言ってから電話を切った。相手の明るい声だけが残され、それは残照のように打ち沈んだ空気にいつまでも漂う。

受話器を置くと、溜め息をついた。

よく考えると、今夜は事務所に戻らず直帰すると言っていたため、竜崎がここにかけてくるはずがない。もし急用があったとしても、携帯の方だろう。

わかっていたのに何を期待していたんだと、一人で右往左往している自分が滑稽《こっけい》だった。こんなところを誰かに見られたら、情けなくて立ち直れない。

（俺、馬鹿だな……）

再び電気をつける気にならず、かと言って帰る気力もなくなり、窓のブラインドを上げて月明かりを入れた。目が慣れてくると、案外明るいものだ。

しばらくぼんやりとしていた謙二朗は、おもむろに机の引き出しを開けて入れっぱなしにしておいたタバコと百円ライターを取り出した。

ここに来たばかりの頃はよく吸っていたが、張り込みなどの時、自分の痕跡を残さないため我慢することも多く、本数は減っていった。竜崎はいまだに一日にひと箱くらい吸っているが、隣で吸われても欲しくならなくなり、バイクの国内ライセンスを取得してレーサーとして青柳《あおやぎ》のところで世話になった頃、完全にやめた。

だが、今夜はまた吸いたくなり、火をつける。

月明かりが降り注ぐ事務所に、赤い火がぽぅっと灯《と》った。

さして強いタバコではなかったが、久し振りに吸ったせいか肺にガツンときた。軽い目眩を覚えるが、肺がその旨さを思い出して次を欲しがる。

じっとしているのが辛くて、何かで誤魔化そうとしていることに、自分でも気づいていた。

ストレスで爪《つめ》を噛《か》んでしまうのと同じだ。いったん吸い始めると止まらなくなり、一本灰にしただけでは足りず、二本目に火をつける。

(崇に電話してみようかな……)

携帯の短縮を押してみたが、コール二回で留守番センターに繋がった。

崇も最近忙しいらしく、連絡を取り合っていない。

謙二朗は、整理のつかない自分の感情を持て余し、一人の事務所で赤いホタルをずっと飛ばし続けていた。


崇から連絡があったのは、翌日のことだった。

やはり仕事が忙しいらしく、留守電に気づいたのは日付が変わってからだったという。ようやくお互いの時間の都合がついたのは一週間後で、夕飯がてら二人揃《そろ》ってオリーヴのところへ顔を出した。

「ねぇ、ところで謙ちゃん。レッスンの方はどうなの?」

「大変だよ。レッスンっていうより、ばあさんの相手がさ。俺と社交ダンスを踊るなんてのは口実だよ。出張ホストみたいな扱いなんだ」

「お前が出張ホストねぇ。こんな無愛想なのを連れ回して、楽しいのかね」

「あっちに聞けよ」

ここに来るのは、久し振りだった。

崇がいてくれたおかげで、今日はさして構えずに店に入ることができた。オリーヴの笑顔を見るのも久しぶりだ。

(やっぱり、まだ返事してないんだろうな)

オリーヴの指を見たが、それらしき指輪はなかった。

少し安堵《あんど》するが、それもすぐに消えた。客が店に入るたび出入口の方を見てしまい、ある男が来るのを恐れている。

ある男とは、もちろん井上だ。もしかしたら、オリーヴがプロポーズを受ける瞬間を見てしまうかもしれない——そう思うと心が落ち着かず、そわそわしてしまう。

自分はこんなに臆病者《おくびょうもの》だったのかと、いつの間にかこれまでに感じたことのない不安に包まれていた。

「ママ〜、ビール追加いいかな〜?」

「はぁ〜い。おビールね。ちょっと待ってて」

ボックス席の客に呼ばれてオリーヴが二人の前から消えると、崇が前を見たままビールを呷《あお》ってから言った。

「なぁ〜にシケた面してんだよ？」

「……っ」

「謙二朗。お前、最近暗いぞ」

「慣れないダンスなんかさせられてるから、気が重いだけだよ」

「本当かぁ〜？」

「ああ。あんなことさせられるくらいなら、多少危険な仕事の方がいいよ。俺には、ばあさんの相手なんて無理」

ウーロン茶を飲んでから料理に手をつけるが、見ずとも崇が何やら言いたげな視線を自分に向けているのがわかる。なんだよ、と言うと、意味深に笑ってみせた。

「ま。いいけどね」

「何がいいんだよ？」

「謙二朗君は、親友の俺にもなかなか悩みを打ち明けてくれないからなぁ」

親友と言われ、言葉に詰まった。

まさか崇が自分をそんなふうに思っているとは知らず、どう反応していいのかわからない。

「あれ？　俺ら親友じゃねぇの？」

からかうように言われ、謙二朗はますます反応できなくなった。「もちろん親友だ」の一言が、どうしても言えない。そもそも「今から親友になりましょう」なんて言葉で確認するわけでもなく、どうしたらその資格を得ることができるのかもわからないため、当然のように自分を親友呼ばわりする崇に、戸惑わずにはいられないのだ。

照れ臭くて黙りこくると、崇はクスクスと笑った。

「さ。旨い飯も喰ったし、そろそろ帰ろうかな。俺、明日も忙しいんだ。お前は？」

「うん、俺も早い」

「じゃあ、一緒に出るか。オリーヴさーん。俺ら、そろそろ帰るよ」

「は〜い」

立ち上がってレジに向かうと、オリーヴが小走りですぐに戻ってくる。一人で切り盛りするのは大変だろうが、忙しくしていても楽しそうだ。

「今日はあまりゆっくりできなくて、二人ともごめんなさいね」

「いいって。俺らも明日早いし。な、謙二朗」

「ああ。またゆっくりできる時に来るよ」

「そう？　じゃあ待ってるからまた来てね。二人とも、あったかくして寝るのよ。ここ最近冷えるから」

「オリーヴさんも、風邪、気をつけてね」

二人は勘定を済ませ、オリーヴの笑顔に見送られて店を後にした。今日はまだ早い時間のためか、謙二朗たちと入れ替わりに中年男性の客が来て、店の中へと入っていく。

「崇。後ろ、乗っていくだろ？」

「どうしよっかな～。バイクで送ってもらう方が楽だけど、明日早いし、どうしても車いるんだよなぁ。代行頼もっかな」

「だったら先に店で電話しときゃよかったのに」

「車の中で待つからいいよ」

駐車場までの道すがらそんな話をしていたが、前の方からこちらに向かってくる男の靴音に気づいて、足を止めた。

安物のスーツを着た、背の低い冴えない中年男だ。

これからオリーヴの店に行くのだろう。

「こ、こんばんは」

「……どうも」

「あー、井上さんだっけ？　オリーヴさんにプロポーズした」

崇が愛想よく挨拶《あいさつ》するのを、苦い顔で一瞥《いちべつ》した。もともと誰とでもすぐに打ち解ける方だが、何もこんな男に友好的にならずともいいではないかと思ってしまう。

しかし、井上が目を向けているのは好意的に振る舞う崇ではなく、謙二朗だった。

「あの……ママのところへ行った帰りかい？」

「そうだけど？」

まさか自分が声をかけられるなんて思ってなく、思わず身構えた。

「ちょっと、君に話があるんだけど」

「ここでしろよ」

井上は崇をチラリと見てから俯き、少しの間そうしていたが、諦めたように話を始める。

「ママから、き、君の話はよく聞かされるよ。赤いバイクに乗って、すごく速く走れるって、自分のことのように自慢してた」

「へぇ、そうかよ」

「ママが君の話をする時は、いつも目を輝かせている。まるで、女子高生がアイドルを見てはしゃぐように、ママの目も生き生きしているよ」

「で？」

ゴク、と井上が唾《つば》を飲んだのがわかった。

言おうか言うまいか、迷っているらしい。気の弱そうな男の一大決心といったところだろうか。

「き、君は、ママを幸せにしようという気はあるのか？」

井上は、思いつめた顔をしていた。息が微かに上がっているのがわかる。

「どういう意味だよ？」

ムッとして、謙二朗は低い声で威嚇するように言った。意図的ではない。自然とそうなっていた。

崇は口を挟もうなんて無粋な真似をするつもりはないらしく、ことの成り行きをじっと見守っている。

少し離れた通りを、酔っぱらいの三人組が千鳥足で歩いていき、けたたましい笑い声が路地裏に響いた。それは消えるどころか、ビルの壁に反響して不快感を増殖させる。

「どういう意味かなんて、わ、わかるだろう？　君は……、わ、わたしがママにプロポーズするところを、見てたじゃないか」

「わざと俺の前でプロポーズしてみせたってわけ？」

「そ、そうだ」

気が弱そうにしているわりには、大胆なことをする。

これは宣戦布告だ。

「あんた、俺に何が言いたいんだよ？」

「ママを幸せにするつもりがないなら、いつまでも焦《じ》らしてないで、さっさと振ってやるのが男の優しさじゃあないのかっ？」

まるで、自分がオリーヴを弄《もてあそ》んでいるような言い方だと思った。そんなことを言われる筋合いはないと思うが、どこかで男の言葉に反論できずにいる自分がいるのも確かだ。

「焦らすってどういう意味だよ？」

「き、君みたいな人には、彼女は似合わない」

「なんだと？」

思わず胸倉を摑むと、男はゼェゼェと激しく胸板を上下させながら、睨み返してきた。

今、この男は、自分の生涯で最大限に勇気を振り絞っているところだろう。恐怖からなのか、唇も微かに震えており、今にも失禁しそうだ。

「何度だって言うぞ。ママを幸せにするつもりがないなら、振ってやるべきだ」

「俺は関係ねーだろ。あんたがオリーヴさんを落とせるかどうかだ」

「かっ、関係あるさっ。君なんかに……っ、ママはっ、渡さない」

「いい加減、黙れよ！」

「黙るもんか。き、君は、ママには似合わ……、――ぐぅ……っ」

カッとなるあまり、謙二朗は井上の鳩尾《みぞおち》に拳《こぶし》を叩き込んでいた。顔を殴らなかったのは、喧嘩《けんか》などしたことのなさそうな男を殴ったとオリーヴに知られたら、軽蔑《けいべつ》されると思ったからだ。腹なら証拠は残らない。

だが、咄嗟《とっさ》にそんなことを思いつく自分の醜さが、嫌でならなかった。

「うぅ……っ」

「はっ、その程度でダウンかよ。そんなんでオリーヴさんを守れるのか？」

謙二朗は、地面にうずくまったままの井上の前に立ちはだかった。

軽く鳩尾に入れてやっただけだというのに、井上は額に冷や汗を滲《にじ》ませながら、呻《うめ》いている。今にも吐きそうな青い顔だ。

だが、それでも必死で顔を上げ、謙二朗を見上げる。

「わたしは……っ、彼女を、諦めないぞ……っ！　今度のイヴに……、はぁ……っ、また改めてプロポーズをする。今度こそ決めてやる！　君みたいに、いつまでも焦らして、相手を束縛するような真似はしない……っ」

腹が立ったが、さすがに地面に這《は》いつくばっている相手に攻撃を加える気にはならず、かと言って何か言い返すこともできず、唇を噛んだ。

胸のところに、得体の知れないものがとぐろを巻いているような感覚に見舞われる。

（くそ……っ）

自分の情けなさに舌打ちすると、踵《きびす》を返して崇に「行こうぜ」と声をかけた。背後からもう一度「わたしは彼女を諦めない！」と声が聞こえ、イライラは増した。

ずっと黙っていた崇が、歩きながら井上を振り返る。

「すげーおっさんだな。あんな恥ずかしい台詞《せりふ》、ドラマでしか聞いたことねー」

「馬鹿なんだろ」

「そうかな」

「そうだよ」

「でも、お前よりかっこいいよ」

サラリと言われ、謙二朗はぎくりとした。立ち止まって崇を見ると、至極真面目な顔で見つめ返される。

「お前さ、親離れできない子供みてぇ」

崇の言葉が、胸に刺さった。

親離れできない子供。

まさにその通りだ。井上にオリーヴを取られたくなくて、ダダをこねているガキと変わらない。

「本当はどうすりゃいいか、わかってんじゃねぇの～？」

崇は再び歩き出すと、両手を頭の後ろで組み、空を見上げながら歌うような口調で言った。

言わんとすることは、なんとなくわかる。

オリーヴの幸せを願うなら、背中を押してやるべきだ。あの男は本気だ。

オリーヴが幸せになりたがっていることも、わかっている。女に生まれてこられなかったオリーヴが、女の幸せを手にできるのだ。たとえ法的に認められない間柄だとしても、自分を心から愛してくれる伴侶がいるのといないのでは、まったく違う。

このままずっと一人でいるよりいい。

だが、頭でわかっていても、素直になれない。

「……そんなの、知るか」

自分でも情けないが、口から出たのはそんな子供じみた言葉でしかなかった。

崇と別れた後、謙二朗は少し遠回りをして帰ることにした。事務所の明かりがついているのを見て、バイクを停めてビルの階段を上っていく。

足音でわかったのか、椅子に座った竜崎は書類に視線を落としたまま言った。

「よぉ、どうした？」

「別に……」

どうやら、作成した報告書をプリントアウトしてチェックしていたようだ。机の上には写真も広げてあり、仕事が上手く運んだとわかる。近づいて写真を手に取ると、そこにはラブホテルから出てくる親子ほどに歳の差のある男女が写っていた。

「バッチリ写ってんな」

「娘と同い年の相手と浮気だそうだ。よくやるよ」

「娘が知ったら、ショックだろうな」

「ああ。母親が上手く隠せばいいんだが……」

いつも思うが、たかが浮気調査と言えど仕事の差は出てくる。証拠の写真など、写し方一つとっても竜崎はプロだと思わされるのだ。相手に気づかれることなく、ここまで鮮明に写真に収めるには、謙二朗はまだまだ経験と技術が足りない。

報告書に添える写真としては問題ないレベルはクリアできているが、仕事のクオリティの高さという点では、足元にも及ばない。

「どうした？　ご機嫌斜めですって顔してるぞ～？」

軽い口調だが、鋭い指摘だった。だが、それには答えない。

「明日からは、しばらく一緒に行動するんだろ？」

「ああ、そうだ。ちょっと厄介なパターンでな、お互い浮気してるのを知ってる上に、相手も探偵を雇ってる。自分が見張られてることも、気づいてるだろうな」

「面倒臭ぇ夫婦だな。離婚すりゃいいのに」

「そう簡単にいかないのが、夫婦ってもんなんだよ」

「ふ～ん」

話すことがなくて、竜崎の机に腰を下ろして所在なくその辺にある物を手に取ってみる。ボールペン。連絡用のノート。調査中の資料を保管してあるクリアファイル。積み上げられた報告書の束。

「さっきからどうした」

「別に……」

「もしかして、今日は俺に抱かれに来たのか？」

「なんだよそれ。ばっかじゃねぇの？」

「違うのか？　そりゃ残念だ」

少しも残念そうじゃないのが、腹立たしい。余裕のある大人の部分を見せつけられると、自分がつくづく子供だと思い知らされる。

特に今日は、自分がどれだけガキかなんて考えたくはなかった。情けなくて、どうにかなりそうだ。

「もう、ダンスのレッスンなんていいんじゃねーの？」

「どうした、急に」

「このままいつもの仕事に戻りたい」

「いったん引き受けたからには、最後までやるのが当然だろうが」

言われなくても、わかっていた。いろんなことがありすぎて、気持ちの処理が追いついていないだけだ。

自分の手からオリーヴを奪おうとする男の出現。

ダンスのレッスンなど、富子に関する慣れない仕事。

崇に親友だと言われたかと思えば、そんな崇に一番痛いところを突かれた。あれは、容赦ない忠告だった。手加減というものを知らない指摘。

さすが親友だ。

嬉しい気持ちもあったが、自分が親友と言えるに値する人間なのかなんて、そんなことまで考えてしまい、気持ちは沈むばかりだ。

そして、極めつきは無様な自分を晒したことへの後悔。

井上を殴ることで、目の前の問題から逃げたのだ。謙二朗は、今の自分をちっとも好きになれなかった。心底嫌気が差す。

「こんな時間に来て、何を考えてるんだお前は」

「何って……」

「やっぱり俺のデカマラが拝みたくて来たんじゃないのか～？　それならそうと言えよ。獣のように襲ってやるから」

再びフザけた口調で竜崎が言う。挨拶みたいなものだ。普段なら、いくら言われても軽く罵《ののし》りながら反論してやるが、今日ばかりは違った。

たまには誘いに乗ってやろうじゃないかと、挑発的な気分になる。

「いいぜ？　やろう」

「謙二朗？」

竜崎の口からタバコを奪い、机の上の灰皿に押しつけた。そして、向かい合わせになって膝の上に跨《また》がり、首に腕を回して抱きつく。

「しよう。獣のように貪り合おうぜ」

「どうした？」

「俺だってヤりたい時はあるんだよ」

「おいおい。落ち着けよ」

自分から下ネタを振っておきながら少しも乗ってこない竜崎に、意地っ張りの性格が災いする。

「あんたのデカマラ見せてくれよ」

謙二朗はわざと躰を密着させた。股間《こかん》のものが反応しているのがわかり、あからさまな欲望に口許を緩ませる。

「躰は正直だな、竜崎さん」

目を見つめながら挑発的に言い、唇を重ね、自分から歯列を割って舌を差し入れた。

「ん……っ」

ザラリとした髭の感触が、幾度となく繰り返された行為を思い出させる。

セックスに没頭すれば、すべて忘れられそうな気がした。少なくとも、最中は考えずに済むだろう。

後でどんなに虚《むな》しくなろうと、構わない。

謙二朗は、首に回した腕にぎゅっと力を籠《こ》めて抱き締めた。竜崎も応えるように背中に腕を回したが、それは情熱的な抱擁ではない。

「……どうした？」

落ち着いた、優しい問いかけだった。

あそこは反応しているというのに、どうして抱こうとしないのか――。

「どうした、謙二朗。何をそんなに荒れてやがるんだ？」

「……っ」

立ち上がろうとしたが抱き締められ、そのままの格好で話をする。

「こんなことするなんて、お前らしくないぞ」

「俺らしいって、どういうのを言うんだよ」

説教なんて聞きたくなかった。今はなんでもいい。自分の中で渦巻く得体の知れない感情をどうにかしたいだけだ。抱く気がないなら、こうしている意味はないと、再び立ち上がろうとする。

だが、竜崎はそれを許さなかった。

「こんなことして、自分を追いつめて楽しいか？」

思慮深い大人の態度に、張りつめていた気が緩みそうになる。

今ならどんなことにも応えてやるのに、竜崎は行為を進めようとしない。

「なんだよ偉そうに。勃《た》ってるくせに、我慢するってのか?」

「お前に迫られて勃起《ぼっき》しないなんて、それこそ問題ありだ」

「ガキ扱いしやがって」

「ガキだろう?」

「ガキじゃ、ない」

か細い声は、自分のものとは思えなかった。竜崎の前でこんな声をあげたのが情けないが、他の人間の前でなかっただけマシだという思いもある。

「場合によっては、据《す》え膳《ぜん》喰わぬも男の甲斐性《かいしよう》ってな。持論だが」

こんなに誘っても応じない竜崎に、自分がどんなに大事にされているかわかった。

「不安か?」

「そんなんじゃ……っ」

「そうか」

「だから、違うって言ってんだろ!」

「嘘だなんて言ってないだろうが。そう怒るなよ」

軽く笑いながら自分を宥《なだ》める竜崎に、荒れていた心が少しずつ落ち着きを取り戻し始めた。

しかし、代わりに姿を現したのは安らかな気持ちではなく、自分を責める心だった。

竜崎の抱擁は温かだが、それが逆に自分の醜さや心の狭さを思い知らされるようで、苦しみはいっそうのものになる。

「……俺、崇に、親離れできないガキって言われた」

「そうか」

「あんただって、そう思ってんだろ？」

「親離れしてない子供かどうかは、お前が一番よく知ってるんじゃないのか？」

仕方のない奴だ……、と言いたげだった。

本当に仕方のない奴だ。自分でもそう思う。いい加減大人になれと思う。だけど、自分の心をコントロールできない。どうしてオリーヴの幸せを素直に願ってやれないのか。どうして井上をはなから否定するのか。

どうして、こんなにも不安なのか――。

「俺は最低だ」

「なぜそう思う」

「最低、だからだよ……っ」

とうとうこらえていた涙が溢れ、頬を濡《ぬ》らした。嗚咽《おえつ》を漏らすまいとするが、躰の震えが止まらない。寒くて、凍えそうだ。

竜崎の前でこんな自分を晒しているのが情けなく、だけど一人でいることにも耐え難く、動けずに竜崎に抱きついたまま、自分の奥にある闇に怯《おび》えていることしかできなかった。

「……オリーヴさんに……っ、幸せに、なって欲しいんだ……っ」

「ああ、そうだな」

「嘘じゃ、ない。……だって、好きな、人には……幸せに……なって欲しいだろ」

「わかってるよ」

「……俺だって、そう思ってる。オリーヴさんには、その、権利があるんだ……って、思って、るんだよ……っ」

「ああ、それもわかってる」

「だから……っ、俺だって、応援したいんだ。嘘じゃない。嘘じゃないのに……っ、俺だって、本当は祟みたいに……、喜んでやりたいのに……っ」

竜崎は否定などしていないというのに、自分がオリーヴの幸せを願っていることを何度も訴えた。しかし、これでは嘘だと言っているようなものだ。

本当は、違うんだろう？　心の奥底では、オリーヴの幸せより、自分の心の平和を優先したいんだろう？

醜い自分は隠しておきたいのに、もう一人の自分が「お前の醜さを直視してみろ」と、深い部分に隠した物を光の下へ引きずり出してしまう。これがお前の本性だと、嗤《わら》いながらその事実を突きつけるのだ。

きっと竜崎も、知っているだろう。

そう思うと罪の意識でいっぱいになり、耐えきれなくなった謙二朗はとうとう自分の本音を零していた。

「でも……できないんだ」

くぐもった涙声は、ちゃんと竜崎の耳に届いただろうか。ひとたび口にすると懺悔《ざんげ》したくて、繰り返し自分の罪を告白する。

「……できないんだよ、竜崎さん。俺は、オリーヴさんのために……祝福してやることすらできない。オリーヴさんから、あんなにたくさん、貰《もら》ったのに……俺は、自分のことしか、考えられない。……最低だ」

「馬鹿。最低なんかじゃない」

「最低だよ……」

「そうやって傷ついてるお前が、最低なわけないだろうが」

竜崎は腕に力を籠め、頭を撫《な》でてくれた。こんなに汚い部分をさらけ出しても、なんでもないことのように受け止めてくれるのがたまらない。

「……謙二朗」

「見るなよ……っ」

「見てないさ」

落ち着けとばかりに背中をさすってくれる竜崎にますます涙が溢れてきて、謙二朗は感情を抑えられなくなっていた。ずっとため込んでいたが、もう悲しみを抑えられない。

出会った頃からのオリーヴの姿が次々と蘇ってきて、心に抱えている自責の念を大きくする。

はじめは、迫力のある姿と行動にただただたじろぐばかりだった。だが、見た目とは違い、包み込むような優しさがあることに気づき、酷《ひど》い人間不信に陥っていたにもかかわらず少しずつ心を許せるようになった。

いつも笑っているオリーヴに、何度癒されたことだろう。

大好きな人の幸せを願ってやれないことが、どうしようもなく悲しかった。誰よりも先に、誰よりも喜んでやりたいのに、それができない。

どうして。

そう何度も自問する。

謙二朗は嗚咽を漏らしながら竜崎にしがみつき、子供のように泣き続けた。

感情を解放してすっきりすることもあるが、悲しみは時として、涙でも洗い流せないことがある。気持ちが安定しないまま、時間だけがどんどん過ぎていき、あっという間に富子が主催する社交ダンスパーティーの当日となった。

昼間はそれぞれ通常の業務をこなし、オリーヴが用意してくれた燕尾服とタキシードを取りに行ってから午後七時半頃に桐原邸に入ることになっていたが、謙二朗の方が少し遅れたため、別々に会場に向かった。

事務所で泣いてしまったことについては、竜崎は一言も触れず、密《ひそ》かに感謝していた。悩んでいる相手をからかって楽しむ男ではないが、心配するようなことを口にされるだけでも、バツが悪い。

「おう、来たか。服は控え室に置いてあるぞ。そろそろ着替えに行くか」

「うん」

桐原邸に着いた謙二朗は、タバコを吸っている竜崎と出くわした。

「トラブルは大丈夫だったのか？」

「ああ。もう心配ないよ。報告書も出せる。こっちの仕事が終わったら、すぐにやるよ」

「今日でこの面倒な仕事からも解放されるな。しっかりやれよ」

「わかってる」

つけ焼刃のステップで富子を上手くリードできるのかという不安はあったが、正直なところこれで終わりだと思うと、ダンスの出来などどうでもよかった。

立食パーティーの方は既に始まっており、会場は賑わっている。

カクテルドレスに身を包んだ女性が歓談している姿があちこちで見られるが、それはまるでガラスを一枚隔てた向こう側に広がる世界のように見え、現実感が薄れていった。

変な夢でも見ているようだ。

「なんか、別世界だな」

「確かに、仕事でもない限り、俺たちには縁のない世界だよなぁ。……ん？　どうした？」

「別に」

竜崎がめずらしく髭をあたり、顎《あご》をすっきりさせてタキシードを着ていると別人のようで、ますます現実感が薄れる。このところ思考が定まらず、集中力も落ちていた。

どうしてもこの空気に馴染《なじ》めず、謙二朗はコートを羽織って外に散歩に出た。富子が会場に姿を現すのは、午後九時頃の予定だ。

ぼんやり歩いていると、竜崎が追いかけてくる。

「うー、寒《さみ》ぃな」

「だったら中にいればいいだろ？」

「お前が逃げ出すんじゃないかと思ってな」

「逃げるかよ。ダンスを一曲踊れば仕事は終わりだ」

寒さにブルッとなり、謙二朗も肩をすぼめて歩いた。

今頃、井上はオリーヴの店だろうか。

そう思うと、落ち着かなかった。今日は店は開けると言っていたが、その態度から、井上が来るというのをオリーヴも知っているようだった。そろそろはっきりと返事をしなければと、思っているのだろう。

どんな答えを出すのかは、聞いていない。

「何か気になることでもあるのか？」

「別に……。いちいちついてくん……、——ぁ……」

「どうした？」

謙二朗は、敷地の外に目をやった。道端をトボトボと歩いている男の姿が目にとまり、慌ててそれを追う。

井上だった。

（なんで……）

イヴに再びプロポーズをすると言っていたというのに、なぜこんなところを歩いているのかと不思議だった。これからオリーヴのところに行く様子でもなく、それどころか死に場所を探して歩いているような雰囲気だ。

「謙二朗、誰だ？」

「井上って男だよ。オリーヴさんにプロポーズした。——おい！」

強い口調で呼び止めると、井上はゆっくりと振り返った。

「ぁ……」

「あんた、こんなところで何してんだよ？　今日、オリーヴさんにプロポーズするって言ってたよな。返事は聞いたのか？」

「いえ」

井上は、消え入りそうな声でそう言った。

「なんで？　俺にあんなタンカ切っておいて、今さら怖《お》じ気《け》づいたって言うんじゃねーだろうな。オリーヴさん、店は開けるって言ってたぞ。店であんたを待ってんじゃねぇの？」

「ママには、行くと言った。返事をくれるって」

「じゃあ、なんでこんなところを歩いてるんだよ」

「そ、それは……」

はっきりしない井上に、イライラが一気に頂点に達する。

返事がイエスであろうがノーであろうが、悩み抜いて出した返事を用意して待っているというのに、そんな相手との約束を破るなんて許せない。

「オリーヴさんのこと、好きじゃなかったのかよ！　どうなんだよ！」

「おい、謙二朗。そう急《せ》かすな」

竜崎に落ち着けとばかりに肩に手を置かれ、謙二朗は軽く舌打ちをしてから、いったん気を静める。

「俺は竜崎というもんだ。オリーヴのこともよく知ってる。こいつの話からすると、今日はオリーヴにプロポーズする予定だったみたいだな」

「はい、そうなんですが」

「オリーヴを待たせたまま、こんなところを歩いてる理由は？　何かあったのか？」

「実は……」

井上は、呟くようにポツリポツリと話し始めた。

よくある話だった。井上は今日、会社からリストラの宣告を受けたというのである。前から人員削減の噂《うわさ》はあったが、対象となっているのは定年まで五年を切った技術職以外の社員で、井上の所属している営業部で年齢が条件に達していない者たちにとっては、対岸の火事だったという。

それにもかかわらず、会社から「君はいらない」と言われたのである。

しかも、条件を外れた人間は井上ただ一人だった。

「わたしは、ダメな男です。大して収入があったわけでもないが、ママ一人を食べさせていく程度の稼ぎはあった。それで十分だと思っていた。でも、会社に見限られたんです。しかも、同じ課ではわたし一人が……っ」

それは、単にリストラに遭ったことにではなく、例外的にリストラ対象者として選ばれたことへの絶望だった。収入がなくなるだけなら、ここまで自信喪失したりはしないだろう。

「君の、言う通りだ……っ。私は……っ、ママを守ることもできないんだ。ママ一人、養うことすらできない男になった。こんな男なんて、いくらなんでもママに失礼だぁ……っ」

最後の方は、ほとんど絶叫に近い声になっている。しかも、涙を流し始めたかと思うと、子供のように大声をあげて泣き出すではないか。

「わたしは……っ、ダメな男だぁ。ママに合わせる顔がない」

「……そんなの、関係ないだろ」

腹立たしくて、殴りたい気分だった。

めそめそと泣いている姿を見ていると、バケツに水を汲んできて頭からそれごと被《かぶ》せてやりたくなる。そうすれば、少しは目も覚めるだろう。

「会社とかリストラとか関係ねぇんだよ！　仕事なんか選ばなきゃなんだってある。男なら日雇いでもなんでもやれるだろ！」

「でも……」

「会社に見限られた？　はっ、だからどうした。オリーヴさんは会社か？　会社があんたに求めるものと、オリーヴさんが自分の相手に求めるものが同じだってのか？　違うだろ」

「そ、それは……」

「それにな、オリーヴさんが、収入で男の価値を決めるような人間だと思ってるのか？　馬鹿にすんな！」

謙二朗が怒鳴ると、井上はしゃくり上げながら、驚きの表情で謙二朗をじっと見る。

なぜ、井上の応援をするようなことを言ったのか。

自分でも馬鹿だと思うが、どんなに足掻いても無駄だ。

謙二朗は、とうに気づいているのだ。この男が、心からオリーヴを想《おも》っていることに。

小心者で争い事や厄介事などを極力回避しながら生きてきたような男が、謙二朗の前でプロポーズをしてみせたり、面と向かって「ママは渡さない」と言ってみたり……。

自分がオリーヴにプロポーズをする資格を失った途端、ライバルと言える相手の前で自分に起きたことをすべて吐き出して、悲しみのあまり泣きじゃくるほど好きなのだ。

四十を過ぎた男が、涙と鼻水で顔がぐしゃぐしゃになるまで泣くなんて恥ずかしい奴だ。

だが、そんな井上を認めてしまっている自分に気づく。

(崇の、言う通りだ……)

あれは、面と向かってこの男に宣戦布告をされた夜だった。

一部始終を見ていた崇は「あんな恥ずかしい台詞はドラマでしか聞いたことない」と笑った。そして、そんな井上を馬鹿呼ばわりした謙二朗に「お前よりかっこいい」と言い切ったのである。

確かに、好きな相手のために無様な姿を晒せるというのは、ある意味かっこいい。今、情けない泣き顔を晒しているのも、それほどオリーヴを想っているからだ。

これ以上、この男に望むことがあるだろうか。

オリーヴのような愛に溢れる人間を幸せにできるのは、地位でも名誉でも金でもない。それがわかるからこそ、気持ちだけは持っている井上が「その資格がない」なんて言ってめそめそしているのが腹立たしくてならなかった。

井上に資格がないなら、この世界にオリーブにプロポーズしていい人間なんて存在しない。

「竜崎さん、今何時?」

「八時だ」

富子と踊るまで、あと一時間。

謙二朗は、ここから『スナック・九州男児』までのルートをシミュレートした。間に合うかどうか、ギリギリのところだ。

「俺が連れていってやってもいいが……」

竜崎が、謙二朗の心を読んだかのように「お前がオリーヴのところへ届けてやりたいだろう?」と目で聞いてくる。

さすがだ。自分の気持ちを汲み取ってくれる竜崎を見て頷き、井上に迫る。

「どーすんだよ? このまま逃げて終わるのか? それとも、恥でもなんで晒してプロポーズしに行くか?」

「わ、わたしは……っ、ママを愛してる……っ!」

「だったら、オリーヴさんを待たせるようなことはするな」

その言葉に何度も頷く井上を見て、心は決まった。

「俺がオリーヴさんのところまで送ってやる」

「おい、謙二朗。それは脱いでいけ」

竜崎に言われ、シワがついてしまわないよう燕尾服の上着を脱いで竜崎に渡し、もう一度コートを羽織った。

「じゃあ、行ってくる。すぐに戻るから」

「ああ、気をつけろよ」

バイクを停めてある場所まで走り、息を切らしている井上を急かして後ろに乗せる。

「飛ばすからな。腰にしっかり摑まってろよ」

「は、はいっ」

ヴォン……ッ、とエンジンを吹かすと、CBR900RRは咆哮《ほうこう》をあげた。

どうせオリーヴを取られるなら、自分がキューピッド役になってやるのも悪くない。いっそ、その方が吹っ切れて清々《すがすが》しい気持ちになれるというものだ。

謙二朗は、自分にそう言い聞かせてバイクを走らせた。

イヴだからか街には人も車も溢れており、渋滞は予想以上だった。しかし、深紅の怪物はすばらしい身のこなしでそれらをかわし、きらびやかなイルミネーションは流星のごとく通り過ぎていった。使える裏道もすべて使った。

店に着いたのは、三十分後だ。

『スナック・九州男児』

小さな看板が、路地裏をぼんやりと照らしている。

路地にバイクを停《と》め、エンジンは切らずに井上に降りるよう言い、まだ少し躊躇《ちゅうちょ》している男をバイクに跨ったままぶっきらぼうに促す。

「さ、行けよ」

「あ、ありがとうございます。なんとお礼を言っていいか」

「いいからさっさと行け。オリーヴさん、多分あんたを待ってるよ。ほら、店の看板に明かりはついてんのに、準備中になってる。オリーヴさんがあんたのプロポーズを受けるかどうかはわかんねーけど、あんたを待ってるのは確かだから」

そう言った時、店のドアが開いた。

エンジンの音を聞きつけ、様子を見に出てきたらしい。

「井上さん。謙ちゃん」

オリーヴは、目を丸くして二人を見た。この取り合わせが、めずらしかったのだろう。自分でもそう思うのだから無理もないと、謙二朗はこの状況が少しだけおかしくなった。

「ママ、遅れてすまなかった」

「いいのよ。でもどうしたの？」

「リ、リ、リストラに遭ったんだ」

「え……」

井上はまず先に、自分が置かれた状況をオリーヴに説明した。リストラされたことで、これから先考えられる限りの障害についても、話している。

単なる悩みの相談と違うというのは、オリーヴもわかっているだろう。

「だから……っ、もうわたしにはプロポーズする資格なんてないと思って……今日ここに来る約束も、すっぽかそうと思った。でも、やっぱり駄目なんだ。そんなことでママを諦めることはできない。往生際が悪いとわかっているが、わたしの手でママを幸せにしたいんだ。こんなわたしだが、大切にする。わ、わたしと、結婚してくれ！」

その情熱に感動したのか、オリーヴは両手で口を押さえた。しばらく硬直していたが、ようやく我に返ったように謙二朗の方に目をやる。

いつもは不安を取り除いてもらうのは謙二朗の方だが、今日は逆だ。どうしていいかわからず戸惑っているオリーヴの背中を押すように、謙二朗は小さく頷いた。

大丈夫。その人は信用できる人だ——言わずとも、伝わるはずだ。

幸せに向かう一歩を踏み出せずにいたオリーヴだが、勇気を持って女としての幸せを掴みに行って欲しい。オリーヴのことが好きだから、そう思う。

「井上さん。あたしオカマよ」

オリーヴは井上に一歩近づき、少し首を傾《かし》げて困ったように言った。

鼻にかかった涙声が、謙二朗のところまで聞こえる。

「そんなことは知ってる」

「子供だって産めないわ」

「ママが側にいてくれるなら、それで十分だ」

「でも、日本じゃあ結婚できないのよ」

「海外なら、できる！　日本でだって、養子縁組をすれば同じ戸籍に入れる！」

井上は、なんとかオリーヴを手に入れようと必死で喰い下がった。あの気弱な男からは想像できないほどの押しの強さだ。

「あたし……本当にそんなふうに言ってもらえる人間じゃないの。朝になると、髭なんてすごく濃いんだから」

「そんなの気にならない。脂症のわたしよりずっといい！」

「お尻におっきなイボもあるのよ」

「わたしなんか、痔《じ》持ちだ！」

「すね毛もぼーぼーなの」

「私も濃いぞ！　しかも生えて欲しい頭の方は、ほら、この通りだ！」

何を二人で告白し合っているのか。

本当に自分でいいのかと、何度も確認するオリーヴがなんだか可愛く見えた。いつも可愛いが、今日はもっと可愛い。とてもチャーミングだ。

どんな難問を突きつけようが心が揺るがない井上を見つめる目は、幸せそうだ。もう、オリーヴの答えは出ている。

「井上さん……」

「は、はいっ!」

「あたしにプロポーズしたこと、後悔しない?」

「しないさ! ママはわたしの太陽だ!」

恥ずかしい台詞だ。聞いていて「やってられねぇ」と言いたくなるほどクサイ。ぷんぷん匂《にお》う。

「あら、やだ。そんなこと言われたら、オリーヴ困っちゃう」

照れているのか、わざとフザけた口調で言ったが、涙が溢れて止まらないのは謙二朗のところからもわかった。

こんなあたしでよければ喜んで。

声になっていなかったが、唇の動きからそう言っているのがわかり、それを確認すると謙二朗はバイクを発進させた。角を曲がる寸前、一度だけミラーで二人の姿を確認したが、オリーヴたちが寄り添い合うように店の中に入っていくのが見える。

（オリーヴさん、幸せになってくれよ）

謙二朗はそう心の中で呟き、アクセルを全開にした。


パーティー会場に戻ったのは、それから三十分ほどが過ぎてからだった。

「謙二朗」

「ただいま。パーティーは？」

「ああ、まだ大丈夫だ。ギリギリだがな」

コートを脱ぎながら急いで控え室に行き、燕尾服の上着を羽織ってから鏡の前で髪や服装を整えた。竜崎が気を利かせて、グラスに水を入れて持ってきてくれる。

「サンキュー。喉《のど》渇いてたんだ」

「オリーヴの方はどうだった？」

「プロポーズ受けてたよ。幸せそうだった」

晴れ晴れとした気分とまではいかないが、自分の手で井上を送り届けたことでなんとか気持ちの整理はついていた。今は、オリーヴの幸せを喜ぶことができる。

感傷的になる暇もなく、バタバタしているのもよかったのかもしれない。

あのシーンに立ち会った後一人でいたら、泣いたかもしれないな……、なんて思いながら、蝶《ちょう》ネクタイを正した。

いや。アパートに帰って一人になったら泣くだろう。だが、大好きなオリーヴの幸せを祝福できないままの男でいるよりはマシだ。

「もう時間だぞ。急げ」

ポン、と背中を叩かれ、謙二朗はホールに向かった。

既に富子は来ており、数名の男女に囲まれて歓談していた。

さすがに資産家なだけあり、八十近くとはいえ、ドレスを纏《まと》った立ち姿はさまになっている。こういう公式の場所は慣れているようで、場をわきまえた上品さがある。

ホールでは音楽に合わせて、ワルツを踊っている紳士淑女の姿も見られた。

この中で踊るのかと思うと、やはり緊張するが、これも試練だ。オリーヴのことを乗り越えたのだから、こんなの屁《へ》でもない――そう自分を励ます。

一曲ダンスを踊ればこの仕事は終わりだと、謙二朗は軽く深呼吸をしてから足を踏み出した。しかし、後ろから肩を摑まれる。

「おい、ちょっと待て」

せっかく心の準備を整えたというのに、水を差された形になり、謙二朗はあからさまに嫌な顔をした。人前でダンスを踊るなんて、謙二朗にはかなりハードルの高い仕事なのだ。

タイミングを逃すと、もう一度覚悟をし直さなければならない。

「なんだよ?」

竜崎は「あれを見ろ」と顎をしゃくってみせた。

(え? ……誰だ?)

謙二朗の目に、富子に向かって歩いてくる燕尾服の青年が映った。どこかで見たことのある顔だ。優しそうな眼差しと、すっきりとした輪郭。男臭さのない顔立ちは、インパクトは強くないが、なぜか印象に残る顔だ。パーツのバランスが取れており、穏やかさを感じる。

記憶を辿《たど》った先にあったのは、モノクロの写真だ。

(ぁ……)

ようやくそれに気づき、竜崎を見る。

「もしかして……」

「ああ。写真の中にいたダンスの講師と同じ顔だ」

「どういうことだよ?」

「とりあえず行くぞ」

人の間を縫って歩き、会話が聞こえる位置まで近づいて成り行きを見守ることにした。富子も青年の存在に気づいたようで、歓談の途中だというのに唖然としたまま硬直する。

まるで幽霊でも見たかのような反応だ。

「桐原富子さん、ですね?」

「清次郎、さん……?」

あの富子が、声もロクに出せないといった反応を示した。

やはり、写真の男と瓜二つなのだ。富子から見ても、驚くほどに……。

「いいえ、僕は岡田清次郎の孫です。今日は、あなたにお会いするために参りました。潜り込むように来てしまい、申し訳ありません。こちらに呼ばれた知人の連れとして、屋敷に入れてもらいました」

富子の目からポロポロと大粒の涙が零れるが、それを拭う余裕すらなく、ただじっと青年を見上げている。謙二朗を連れ回し、ボーイフレンドだなんて嘘をついて店員を困らせた彼女は、ここにはいない。

「祖父から、あなたのことは聞いていました」

「ごめんなさいね。……本当に、ごめんなさい。清次郎さんは、さぞかし私を恨んでいたでしょうね」

「いいえ、そんなことはありません。あなたは祖父に別れを告げる時、自分には貧しい生活は耐えられないからと言ったそうですが、あなたがそんな人じゃないことは、祖父は十分わかっていましたよ。自分がしつこく喰い下がったために、あんなことを言わせてしまったと、

逆に気に病んでおりました。あの後、自分も別の女性を見つけて幸せになった。そのことを、ずっと伝えたかったと、病床で申しておりました」

「でも……っ」

「いいえ。自分の立場も考えてくれたあなたの優しさに、感謝していると……」

「本当に？」

不安そうに聞く富子に、青年はにっこりと笑ってみせる。

「ええ。クリスマス・イヴにダンスを踊る約束を果たせなかったことだけが、心残りのようでした。お互い別の伴侶を見つけた者同士、今度は友人として踊りたかったそうです。ようやくあなたにこのことを伝えることができて、僕も嬉しいです」

青年はポケットからハンカチーフを抜き取り、富子の涙を拭った。そしてそれをしまうと、そっと手を差し出してみせる。

「僕と踊っていただけますか？　僕も、少しは踊れるんですよ」

「わたしと……？」

「ええ。祖父のように上手くは踊れませんが、友人として踊りたかったという祖父の夢を、僕を通して叶《かな》えてやってはもらえませんか？」

「ええ、よろこんで」

富子は青年の手を取り、二人はステップを踏みながらホールの中央へと進んだ。

若い男が大好きで、いつも周りの人間を振り回す厄介なばあさんだと思っていたが、今の富子は恋に恋をする少女のようだった。信じられない。

だが、きっとこれが本当の富子の姿だ。

富子は、岡田を裏切り、傷つけてしまったという思いをずっと抱え、自分を責め続けていたのかもしれない。夫を愛し、家族を愛する傍ら、ずっとそのことが心の隅にしこりとなって残っていたのだろう。だが、それも今夜で終わりだ。

「お前の出番はなさそうだな」

「うん」

「どうする?」

「どうするって……見ててもしょうがねぇしな」

「じゃあ、とりあえずパーティーが終わるまで外にでも行っとくか。この雰囲気には、どうも馴染めない」

それには同意だった。

幸せそうに踊る富子をもう一度振り返ると、謙二朗は口許に笑みを浮かべる。

(よかったな、富子さん)

そう心の中で呼びかけ、竜崎とともにホールを後にした。外は寒く、吐く息が白い。

「やっぱ外は寒いな」

ホワイトクリスマスとまではいかなかったが、やはりコートなしでは辛い気温だ。少し離れた場所に温室があるのに気づき、二人はその中へ逃げ込む。

中はジャングルのようで、今までいたところとは別世界だった。真っ赤な花をつけているものもあれば、不思議な形をした葉の植物もある。

「すげぇ広いな」

段差になっているところに腰を下ろすと、竜崎はタバコに火をつけた。

「だけど、今回は散々な仕事だったよ。あんだけレッスンして、買い物にもつき合わされたのはいったいなんだったんだ」

富子に連れ回された時のことを思い出し、謙二朗は竜崎の隣に座るとわざと顔をしかめてみせた。人前でダンスを踊らなくて済んだのはよかったが、愚痴の一つも零したくなる。

「ま、こういうこともあるさ」

「あんたはいいよ。あのばあさんに振り回されてないんだから」

「俺は指名されなかったからな」

「ったく、俺ばっかりついてない役回り」

「オリーヴも井上さんに持っていかれたしな」

わざとからかう竜崎を、ジロリと睨んだ。

井上のことはようやく認めることができたが、改めて言われると少々腹立たしい。ここにいたるまでの紆余曲折《うよきょくせつ》を、知られているからというのもある。

「寂しいんじゃないのか〜？」

「うるせぇな」

「めずらしく自分から誘いやがるなんて、相当キてたんだろ？」

その言葉に、嫌でも事務所でのことを思い出させられた。

井上を殴った日だ。

自分から抱きついてはしたない言葉を口にしてまで誘ったというのに、据え膳喰わぬも男の甲斐性と言われ、断られた。普段はちょっとしたことでもスイッチが入り、強引にコトを進めることもあるというのに、すべきでないと判断した時は、どんなに誘おうが絶対に喰いつこうとしない。

そんなところに大人の余裕を感じ、急に恥ずかしくなる。

いつも不精髭でよれよれのジャケットを着ている竜崎が髭をあたり、フォーマルに身を包んでいるのもいけない。

見慣れない姿だからか、こうして隣にいるだけでも落ち着かなかった。

でも、似合っている。

「どうした？」

「別に」

パーティー会場の方から、音楽が聞こえていた。そろそろ佳境に入る頃だろう。招待客はみんなホールの方に集まっている。

開放しているこの温室はもちろん、周辺にも人の姿はない。

竜崎がおもむろに立ち上がったかと思うと、ぼんやりとしていた謙二朗の目の前に手を差し出してきた。

「……なんだよ?」

「せっかくフォーマルを着てるんだ。ダンスくらい踊ってもバチは当たらんだろうが」

「は?」

「いいから、ほら」

いきなり手を掴まれ、強引にスペースの開いている場所まで連れていかれる。向かい合わせになると、竜崎は謙二朗の腰に手を添えて基本の姿勢を作る。

「あんたにダンスなんか踊れんのかよ?」

言いながら、無意識に足がステップを踏んでいるのに気づいた。咥えタバコで社交ダンスというのも妙だが、崩したスタイルのダンスは竜崎らしく、それでいてさまになっている。

「大丈夫だよ。オリーヴは幸せになれる」

「そんなこと、わかってんだよ」

「じゃあ、なんで不機嫌なんだ?」

「不機嫌じゃねぇよ」

「そうか？」

レッスンをしていた時は、しゃべりながらステップを踏む余裕なんてなかったが、竜崎のリードのおかげか、今は自然に足が動いた。

ナチュラル・ターン、クローズド・チェンジ、プログレッシブ・シャッセ。

自分が女役なのが解《げ》せないが、それ以上に不満なことがある。

（なんで、俺が照れなきゃいけないんだ……）

楽しそうに踊る竜崎が、すぐ近くから自分に優しげな視線を注いでいた。

いったいどこで学んだのか。

これが、女性をリードして踊るということだ。富子のところで、何度やってもできなかった『相手を美しく踊らせてしまう』やり方。

レッスンも受けていない竜崎が、いとも簡単にやっているのが面白くない。

「おい、いつまでぶすくれてるんだ？」

「別に」

ぶすくれているわけではない。恥ずかしいのだ。いつもと違う竜崎に戸惑っていることや、いい加減にしろとはね退《の》けられずにいる自分が、ものすごく恥ずかしい。

そんな謙二朗の気持ちを見抜いているのか、竜崎は、ふ、と笑ってサラリと言う。

「お前には、俺がいるだろうが」

「……っ」

思わず立ち止まろうとしたが、竜崎は踊るのをやめようとはせず、またリードされる。

「お前には俺がいる。ずっと側にいるよ」

まるでプロポーズのような言葉だった。いや、プロポーズ以外の何物でもない。

いきなりのことに思考は停止状態で、優しく自分を見下ろす竜崎と見つめ合ったまま踊り続けた。傍から見ると、愛し合う者同士がお互いに熱い視線を注ぎながら、言葉でない愛を囁き合っているように見える。

しかし、次の瞬間。

「――ぅわ……っ」

急にリズムを乱され、謙二朗はバランスを崩した。体勢を立て直そうとするが、段差に踵《かかと》を引っかけてしまい、後ろに倒れてしまう。

すぐに竜崎が覆い被さってきて、上からじっと眺められた。

わざとやったのは、間違いない。

「痛《い》ってぇ。何すんだよ……っ」

「何するって……あんまりボケっとしてやがるから、つい、な」

「ついって、なんだよ」

「欲情した」

笑いながらタバコを指に挟み、空いている手を脇腹《わきばら》に這わせる。

「ちょ……っ、こんなところで欲情すんなよ」

近づいてくる竜崎の顔を押し退けようとしたが、指を舐《な》められてビクッとなり、手を引いてしまう。怯《ひる》んだ隙《すき》に両手を押さえ込まれ、完全に自由を奪われた。

股間を押しつけられ、中心が次第に硬く変貌《へんぼう》していくのをスラックス越しに感じる。

「馬鹿……っ、やめろ」

「じゃあ、移動するか。部屋を取ってある」

「部屋って……」

「最上階のスイートだ。一流ホテルだぞ」

すぐ耳元で囁かれる竜崎の声に、ぞくりとした。

いつの間に、イヴにホテルのスイートを押さえたのだろうか。事務所の机で、タバコを咥えたまま予約を入れる姿を想像し、恥ずかしくなる。

「そんなことされて、俺が……っ、喜ぶと、思ってんのかよ?」

「喜ぶのは俺の方だ」

恥ずかしげもなくそんなことが言える竜崎に、謙二朗は言い返す言葉を失った。

太刀打ちできない。

「どうする？　スイートが嫌なら、俺はここでやってもいいが？」

勝ち誇ったように選択を迫られ、この上なく嬉しそうな目で脅迫じみたやり方をする男が、憎らしくてならなかった。

どちらを選んでも、竜崎が喜ぶのは変わりない。

素直に従うのも癪で別の手はないかと考えるが、謙二朗が一向に答えようとしないからか、竜崎は首筋に顔を埋《うず》めようとする。

「——ま、待てよ……っ」

「どうした？」

「わかったよ。……ホテルに、行く」

あと少しでも返事を遅らせようものなら、このままここでやりかねないと早々に諦め、急く獣を宥めるようにスイートに泊まることに同意した。

パーティーが終わると、謙二朗たちはバイクを屋敷の駐車場で預かってもらうよう了解を取り、竜崎の車でホテルに向かった。チェックインして部屋に入るまでの間、たまらなく居心地が悪く、竜崎と少し離れて歩き、エレベーターの中でも一言もしゃべらなかった。

これからすることを考えると、顔を見ることすらできない。

部屋には、ワインと薔薇《ばら》の花が用意されていた。うっすらと甘い芳香が漂っている。

いつもはバーボンを好んで飲む竜崎だが、慣れた手つきでワインオープナーを使い、コルクを抜いた。グラスを差し出され、つい受け取ってしまう。

「俺は飲めないんだって」

「形だけだよ」

乾杯、とグラスを軽く掲げ、竜崎はそれを半分ほど飲んでテーブルに置いた。謙二朗は口をつけないまま隣にグラスを並べたが、すかさずその手を摑まれて引き寄せられる。

「なに、急に盛ってんだよ……っ」

「日本人はイヴに盛るもんだ。どこのホテルも満杯だろうが」

「シャワー、くらい、浴びたっていいだろ」

「せっかくそんな格好してるんだ。脱がす愉しみも味わわせろ」

「ちょっ……っ、待てって……っ」

カーテンも閉めずにコトに及ぼうとする竜崎に抗議するが、あっさりと一蹴《いっしゅう》される。

「誰も見てない」

「見えるって……っ」

「じゃあ、見せてやれ。どうせ誰だかわかんねぇんだ」

完全にスイッチが入った竜崎から逃れることなど、到底無理だった。観念して抵抗の手を緩め、できる限り自分を保とうと部屋に視線を巡らせる。

一泊いったいいくらするのかと冷静に考えようとするが、それは逆効果で、部屋のゴージャスさに酔いそうになった。眼下に広がる夜景の美しさにも、目眩を覚える。

「ん……っ」

窓に押しつけられ、ワインを飲んだばかりの唇で唇を塞がれた。

動物じみた吐息を漏らしながら襲いかかってくるのはいつものことだが、髭をあたっているからなのか、それともタキシード姿だからなのか、普段と違う竜崎に、これまでとは違う興奮に酔いそうだった。

相手は竜崎だというのに、竜崎じゃないような気がする。

そう。まるで自分と出会う前の竜崎に襲われているような感覚なのだ。今より若い、自分の知らない、知りようもない竜崎が過去からやってきて、自分を抱いているようだ。

もしくは、まったく違う次元からやってきたもう一人の竜崎。

謙二朗の蝶ネクタイを片手で器用に外し、上着をはぎ取る竜崎は、いつものやさぐれた探偵ではなく、高貴な獣だった。それはあらゆる者の頂点に立ち、帝王のように君臨している。

抗《あらが》うことなど、許されない。

「――ぁ……っ!」

シャツの上から脇腹を撫でられただけで、躰が大きく跳ねた。竜崎の手が、次にどこに触れるのかと身構えてしまい、期待しているのかどうなのか、わからなくなってくる。

首筋に顔を埋めながら自分も一枚ずつ身につけている物を脱いでいき、謙二朗のシャツのボタンを外していく男に、黙って従った。

「お前、いつもより色っぽいぞ」

「んなこと、ねぇよ」

「興奮してるんだろう？　……俺もだ」

「あぁ……、……はぁ……っ、……ぁ……」

自分の顔を覗き込む竜崎の視線から逃れようとするが、そういう仕種が相手を悦《よろこ》ばせているのは否定できない。口許に笑みを浮かべる竜崎は、ハンティングを十分愉しもうとしているかのようにすぐにトドメは刺さず、獲物が弱り、諦めて身を差し出すのを待っている。

「どうした？」

「どうも、しない……」

「嘘つけ」

クッ、と笑い、唇を耳朶《じだ》に近づけると、そこを軽く嚙むようにして囁いてみせた。

「すごい、ことを……してやろうか？」

「——ぁ……っ」

竜崎の声にゾクリと甘い戦慄《せんりつ》が走り、下半身が蕩《とろ》けたようになる。

まだ知らぬ官能が自分を待っているのかと思うと、若い躰は期待に濡れ、疼《うず》き出してしまうのだ。抑えようにも抑えきれない劣情に、支配される。

(何……？)

竜崎は、謙二朗のスラックスをはぎ取ると、飲みかけのワインに指を浸し、下着の中に手を差し入れて蕾をほぐし始めた。

「ば、馬鹿……っ、待……っ、——ぁう……っ！」

「待てるか。お前のここだって、俺を欲しがってる」

「頼む、よ……っ、竜崎さん……っ、それだけは……勘弁、してくれ……っ」

懇願するが、当然聞き入れてくれるような相手ではない。本当に酷いことはしないが、そうでなければ、自分がやると決めたことはやる。

「……っく！　……んっ、…………ふ、……ぁあ」

粘膜からワインのアルコールが吸収されているのだろう。わずかな量だろうが、酒を飲めない謙二朗にとって、それは十分な刺激だった。

「気持ちよくて、死にそうだろうが」

「ぁ……っ」

下半身が熱に包まれ、竜崎を激しく求め始める。声を抑えようとしても、できない。むずむずして、はしたなく男を欲しがった。

「ぁあ……ん、はぁ……っ、あ……、……ん、……ひ……っく、……ぅ……っ」

竜崎は頃合いを見て、空いたもう一方の手で、屹立した先端の小さな切れ目に指をねじ込んだ。こちらの指も、いったんワインに浸しているため、与えられる刺激は想像以上だ。

「痛……っ」

「我慢しろ。そのうち、痛いのがよくなってくる」

そんなの、嘘に決まっている——心の中で抗議するが、適度に加えられる痛みが別のものに変わるまで、そう時間はかからなかった。竜崎の手の中で、自分がビクビクとひくついているのがわかる。熱と疼きで、躰がいっそう敏感になっていくのだ。

「ひ……っく、……ぁ……っ」

「お前だから、今まで我慢してたんだぞ」

「なに、を……。——ぁう……っ」

「お前じゃなかったら、とっくにいろいろやってる」

欲情したしゃがれ声に、何を言わんとしているのかようやくわかる。

忘れていた。

竜崎は、男も女も喰い散らかしていた節操なしだ。その場限りのセックスなんていくらでもしてきただろう。経験豊富な男が、ＳＭじみたプレイをしなかったはずはない。

これまでは、激しく抱かれたことは何度もあったが、どれもノーマルなものだった。しかしそれは、竜崎が自分のために待っていただけだ。

愉しみ方を知っている男が本気になれば、どんなことをされるか――。

「お前も、少しは成長、したからな。大人の世界を、覗かせてやる」

「そんなの、見たくなんか……、――あぁ……」

「ドライオーガズムって、知ってるか？」

「……ぁう……っ」

「教えてやるよ」

言うなり、横抱きにされて隣のベッドルームに連れていかれた。こんな運ばれ方をされるのは恥ずかしかったが、下ろせと言おうとした時にはベッドに上に放り出されている。

「力を抜いてリラックスしてろよ」

そう囁いた竜崎は、己の企《たくら》みにほくそ笑む悪い大人の顔をしていた。


ヤバイ。……ヤバイ。

謙二朗は無意識のうちに、頭の中で何度も繰り返していた。あまりによくって、自分がどんな姿を晒しているかなんて構っていられなかった。部屋に用意されてあったバスローブの腰紐《こしひも》で両手首を縛られ、タオルで目隠しをされて仰向《あおむ》けに寝かされている。

熱を持った躰は、自分の意志など置き去りにしてずっと遠くの方にいた。焦らすようなキスが、視界を奪われた謙二朗をいっそう感じやすくしている。

「ん……、……ふ、――はぁ……っ、あ、……あぁ」

竜崎の指はずっと謙二朗の奥を支配し、好き放題している。促される通りに声をあげてしまうのが情けないが、どうすることもできない。

呼吸が浅くなるが、深呼吸をするよう言われ、その通りにすると快感は増した。

「りゅう、ざき、さ……。もう、……もう……っ」

絶頂はすぐそこまで来ているはずだというのに、あと一歩が足りない。

「イかせてやるもんか。もう少し悶《もだ》えてろ」

「……ぁあ」

こんな快楽があっていいのかと思った。躰の芯《しん》は、溶けかかったガラスでも流し込まれているようで、ジリジリと焼けつくように熱い。これまで経験したことのないほどの熱だ。

身を捩《よじ》って逃げようとするが、そんなことをしても気休めにもならない。竜崎の愛撫《あいぶ》は容赦なく謙二朗から理性を奪い取り、奥に眠る魔物を叩き起こそうとする。

「目の前に出された膳に、手をつけずにいるのが、どれだけ辛いかわかるか？　俺が、どんだけ、我慢したと……思ってんだ」

「ぁあ……っ、……りゅ……、ざき、さ……」

「人の気も知らないで、オリーヴオリーヴ言いやがって」

「……悪かった、よ……。……悪かった……って、……だから……っ、助……て、……くれ、よ……」

「今頃可愛い声で謝っても、もう遅い」

怒っているのかと思いきや、竜崎は愉しんでいた。声が笑っている。目隠しをされているため見えないが、この行為を存分に堪能してやろうという魂胆が、声の調子からわかるのだ。しかも、視界を遮られているぶん、自分が次に何をされるのかわからず、いつも以上に敏感になっている。

「今日は、たっぷり、可愛がってやるって決めてるんだ」

「こ……んな、……と、……して、……楽し、かよ……っ」

「ああ、愉しいぞ」

奉仕されるばかりというのも、いけない。先ほどから怒張した竜崎の中心が脚に当たっているが、挿《い》れようとしなかった。

謙二朗が自分から欲しがるのを、ただじっと待っている。

「はぁ……っ、……あぁ……、んぁ……っ、——あぁぁ……、あっ、……ァアア……」

絶頂に近い、いや、それ以上の快楽が押し寄せ、謙二朗は喉をのけ反らせた。だが、射精することができず、さらに上りつめる。

躰じゅうが性感帯になったかのように痺《しび》れて、どうしようもなかった。情炎に支配されるというのはこういうことなのかと、霞《かす》む意識の中でぼんやりと思う。

「あぁ、……ぁあ……っ、ア、アァ、……竜、……ざき、さ……っ、助け、……ァ」

「イきたいか？」

「イきた……、ァア、……助、……て、くれ……、勘弁し……ンァ、ァアー……、ァアッ」

助けてくれ、と何度口にしただろうか。身も心も完全に支配下に置かれた謙二朗は、竜崎が促すまま、狂おしく啼《な》いた。

「これが、ドライオーガズムって、言うんだ」

「──はぁ……、……ァア、アァー……」

「イキっぱなしでいられる。……すごいだろうが」

「……も……、許し、て……、くれ……、ンッァ……、……ッ、アァ……」

自分が何を口走っているのかすら、把握できない。麻薬でも使っているんじゃないかと思うほど、快楽は津波のように押し寄せてくる。

射精を伴わない絶頂に苛《さいな》まれ、前後不覚になっていた。終わりなんてない。

「そろそろ、限界か？」

竜崎がそう言ったのと同時に、後ろにあてがわれた。

そして、ひと思いに刺し貫かれる。

「ぁうっ、……っく、——ァア……ッ！」

半ば犯すような乱暴さだった。だが、高まった躰は待ち焦がれたものをやすやすと受け入れ、根本まで深く咥え込んでしまう。下半身が痙攣《けいれん》したように震えた。

自分の中の竜崎が隆々としているのがわかり、どこまで性欲魔人なんだと恨めしさでいっぱいになったが、言葉にする気力すらなかった。目隠しのタオルと手首の拘束を外されるが、涙で視界が滲んでよく見えない。

「こいつが、欲しかったんだろうが」

ぼんやりと霞む視界の中に、欲情した高貴な獣が舌舐めずりをしているのが見えた。自分を喰う、悪い獣だ。荒々しい息遣いで襲ってくる。

好き放題あそこをいじり回し、それでも飽き足らずさらに謙二朗を深みに連れ込もうとする憎い相手だというのに、見惚《みと》れてしまう。

「もっと、恥ずかしい思いをさせてやる」

「……ァア……ァ……」

竜崎は、謙二朗に呼吸を整える暇すら与えず腰を使い始めた。

信じられない。

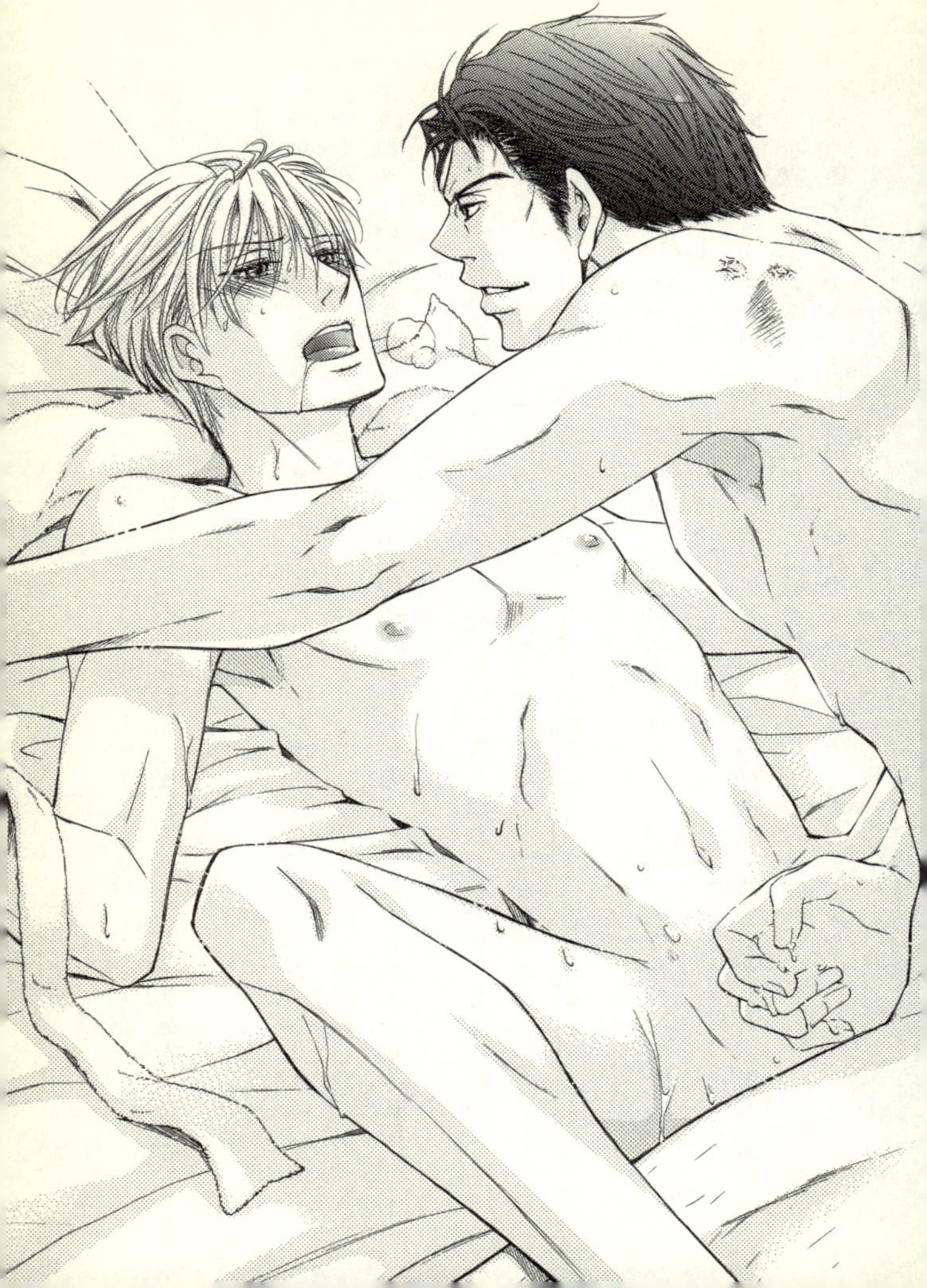

「この先、何年もかけて、……お前の、躰を……開発してやる。次は、こっちだ」

屹立したものの先端にある小さな切れ目に指先をねじ込まれ、グィグィと刺激を与えられる。

「ぁ……っ！」

「いつかここに、専用の道具を、挿れてやる。……中を擦《こす》られて、泣いてよがるように、仕込んでやるからな」

冗談じゃない、と言いたかったが、指の腹で擦られているうちに、もどかしい疼きに夢中になった。

今、そこを開発されたら、抵抗できるかわからない。自ら望んでしまうかもしれない。

いつの間に、こんな躰にされたのだろうかと思うと、恨めしくてならなかった。

「俺の色に、染めてやる。ベッドでは、はしたない男に豹変《ひょうへん》するように、してやるからな」

「ぁ……、ん……っ、竜……ンァ……、――はぁ……っ」

「俺の前でだけ、娼婦《しょうふ》になれ。……俺も、獣になるのは……お前の、前でだけ、だ」

「――ぁあ……、ァア、……ア、アッ、ァア！」

竜崎がリズミカルに動き始めると、謙二朗は素直に身を任せた。攻め立てられ、竜崎の背中に爪を立てながら激しい責め苦に耐え、歓喜にも似た声をあげる。

自分の奥から、次々と新しい快感が溢れ出すのをどうすることもできない。

二人はこの夜、抱き合い、お互いを求め合いながら、深くこの愉悦に身を沈めていった。


翌朝、謙二朗はカーテンの隙間から漏れる光に目を覚ました。一瞬、自分がキングサイズのベッドに寝ている理由がわからずに戸惑うが、躰に残る疲労に昨夜のことを思い出す。

(いてて……)

なんとか起き上がり、周りを見渡した。

スイートに泊まったんだったな……、と思い、隣で寝ている竜崎の顔を覗き込んだ。

竜崎の顎には、すでにポツポツと不精髭が目立ち始めている。タキシード姿の竜崎は新鮮だったが、いつもの姿に少しホッとしていた。

やはり、イイ男ふうの竜崎なんて馴染めない。頭は適度にボサボサで、シャツもジャケットもよれよれで、だらしない竜崎の方がしっくりとくる。

だが、あれも竜崎なのだ。

謙二朗は見たことのなかった竜崎の一面を思い出し、一人で赤面した。昨夜のベッドでの竜崎も、いつもと随分違った。

(すごかった……)

ぼうっと放心したまま、アンニュイな溜め息を漏らす。バイクを桐原邸に置いてきたのは、正解だ。この躰で、あれに跨るなんて拷問みたいなものだ。

散々自分を好きにしてくれた男の寝顔に視線を移し、ぼんやりとしたまま身動き一つせず眺めていると、竜崎の瞼《まぶた》が微かに動く。

「ん……？　……起きてたのか？」

竜崎はゆっくりと身を起こしてから、大きなあくびをしながら伸びをした。寝癖すらいとおしく感じていることに気づき、どれだけ好きなんだと自分に呆れた。

本人には、絶対に知られたくない。

「おはよう」

「おはよう、謙二朗」

ん〜、と朝のキスをされそうになり、反射的に拳が出た。

「――ぅご……っ」

顔面にまともに入り、竜崎の躰が大きくのけ反る。

「おーいて。何しやがんだよ」

「何って……それはこっちの台詞だよ。結局、シャワー浴びられなかったじゃねぇか」

「今から浴びりゃあいいだろうが」

そう言われても、足腰が立たない。こうして座っているだけでも辛いのだ。我を忘れて求めたことも恥ずかしく、あんなに乱れさせてくれた男を恨めしげにじっと睨んだ。

「そう怒るなって。時間は延長して押さえてあるから、ゆっくりできる。ルームサービスでも取るか。腹減っただろう。ここのは旨いらしいぞ」

「そんなことされたって……」

「ああ、楽しいのは俺だ」

竜崎はサラリと言い、ルームサービスのメニューを開いた。咥えタバコの竜崎が自分のためにホテルを押さえたり、こうしてブランチを選んだりしているのが不思議だ。

鼻歌でも口ずさみそうなほどのご機嫌な横顔を見て、謙二朗の顔も自然とほころぶ。

「……俺も、結構楽しいかもな」

「ん？　なんか言ったか？」

「いーやー。別にぃ～。それより、オリーヴさんの結婚式、楽しみだな」

謙二朗の言葉を聞くなり、竜崎はあからさまに嫌な顔をした。

「お前、この場面でそんな話をするか」

「なんで？　普通するだろ？　ウェディングドレス着たオリーヴさん、可愛いぜ。きっと」

「ったく、お前はいったい誰の恋人なんだ」

文句を言う竜崎を無視して、その姿を想像してみる。真っ赤なルージュを引いた花嫁は、満面の笑みで謙二朗に言うのだ——あたし、すごぉ～く幸せ。

声が聞こえてきそうで、謙二朗は思わず破顔した。そして、静かに心に決める。

崇と一緒に、パーティーの準備をしよう。

オリーヴの店を飾り、ブーケを注文して、大きなウェディングケーキを用意し、誰よりも幸せな花嫁だと思えるようにみんなで祝うのだ。翔《しょう》は大人数で慣れ合うのは嫌だなんて言うだろうが、きっとオリーヴのためなら文句を言いながらも来るだろう。

神戸《こうべ》にいるぷりんやサファイアは、来てくれるだろうか。いや、きっと来てくれる。

誓いの言葉のために、自分が神父役をしてもいい。

「なぁ～に嬉しそうな顔をしてやがるんだ？」

「ん？」

「なんだそのニヤけた面は」

呆れた顔をされ、我ながらいったん立ち直ると早いものだと感心する。

「べっつにぃ～」

まるで世界の終わりでも来るかのように悩んでいたのは、いったいなんだったんだろうと思った。

たとえ結婚しようがオリーヴはずっとオリーヴだ。それが、わかった。

いや。幸せになったぶん、これまで以上にみんなに愛情を注ぎそうな気もする。誰にでも愛を注ぐだみ声の女神は、井上からたっぷりの愛情を受けて進化するのだ。

今は、オリーヴを優しく笑って見つめる井上は、誰よりもお似合いだと思える。

そして、自分は——。

謙二朗は、ベッドでタバコを吹かしながらメニューを眺めている竜崎に、そっと視線を移した。

甘い言葉で愛を囁き合うことはないかもしれないが、それでもこの先ずっと同じ道を歩いていくのだろうと思う。

健《すこ》やかなる時も、病める時も、自分の隣を歩くのはこの男だ。

手を取り合い、寄りかかるだけの存在としてではなく、ともに歩く者として竜崎の側にいたい。いずれどちらかが歩けなくなろうとも、その時、どんな悲しみが待っていようとも構わない。それでも竜崎と歩いていきたいのだ。

死が、二人を分かつ時まで。

あとがき

愛とバクダンシリーズも、いよいよ三作目となりました。手に取ってくださり、本当にありがとうございます（ここから先、少々ネタバレを含みます）。

今回の書き下ろしは、愛バク初期の頃からぼんやりとあったネタではあるんですが、正直迷いました。読者さん的に、オリーヴさんは一生謙二朗一筋のほうがいいのかもしれないという疑問が浮かびまして……。しかし、やっぱり好きな人には幸せになってもらいたいので、担当さんと話し合った結果、こういうお話を書くことにしました。

皆さんは楽しんでいただけたでしょうか？　感想をいただけると大変嬉しいです。

共犯シリーズからのスピンオフ作品ですが、共犯の元作品はデビュー以前に書いた物でして、愛バクのほうも業界の右も左もわからない頃に書いた物です。なんだか遠くに来たもんだなぁ、なんてしみじみします。デビューしてから、七年近くが経つのでございますよ。おお〜。こんなにもつとは〜（奇跡としか言いようが……）。

いまだにＢＬ業界にいられるのも、応援してくださる読者さんのおかげです。

挿絵担当の水貴はすの先生にも、とても感謝しています。中身のイラストももちろん素敵ですが、文庫になる時は表紙をどんなふうにするのか、毎回いろんな提案をしてくださるので、作者としてはありがたい限りです。また、担当さんには作品に関する相談事も多く、いつもご指導をいただき、頭が上がりません。このシリーズがここまで続けられたのは、担当さんのお力も大きいと思います。

小説の仕事をするようになって、沢山の人と出会いました。これからも出会いを大切に、そして自分の萌えを大事に、作家活動を頑張りたいと思います。

まだまだ未熟だなぁ、と感じることも多いのですが、なんとか七年近くもったのだから、十年、いや二十年、三十年と、この業界にしがみついていきたいです。晴れの日もあれば、雨や嵐の日もあるでしょうが、読者さんから「面白い！」と言ってもらえる喜びと快感を覚えてしまったので、この先も書き続けていくことでしょう。

私の作品を気に入っていただけたら、これからもぜひおつき合いいただければと思います。

それでは、またどこかでお会いできることを願って……。

中原　一也

◆初出一覧◆

熱・風・王・子（シャレード2007年3月号）

死が、二人を分かつ時まで（書き下ろし）

CHARADE
BUNKO

熱《ねっ》・風《ぷう》・王《おう》・子《じ》

［著　者］ 中原《なかはら》一也《かずや》

［発行所］ 株式会社 二見書房
東京都千代田区神田神保町1－5－10
電話　03（3219）2311［営業］
　　　03（3219）2316［編集］
振替　00170－4－2639

［印　刷］ 株式会社堀内印刷所
［製　本］ ナショナル製本協同組合

落丁・乱丁本はお取り替えいたします。
定価は、カバーに表示してあります。

ISBN978－4－576－08044－4
http://charade.futami.co.jp/